くらすたのしみ

甲斐み

はじめに

いろいろな人の暮らしぶりを雑誌や書籍で見ては、溜息《ためいき》をついていた時期がある。純粋な憧れよりも羨《うらや》ましさが勝《まさ》ったり、自分はこんなふうにできないと劣等感を抱いてしまう。そこから抜け出したくて、改めて考えた。暮らしってなんだろう。考えるために、下手でもいいから自分の暮らしを書いてみようと思ったのだ。そして私は、かつての未熟な原稿を読み返しながら、暮らしについて書くきっかけを思い出した。

書いてみてわかった。暮らしとは、私という主語を持つことだと。多くの手本があったとしても、真似ばかりではつまらない。少しくらい雑でも、ダメなときがあっても、自分の楽しみを探すことこそ私が望む暮らしのありかたなのだ。迷いながらも、衣食住を整え、働き、学び、遊んで、寛《くつろ》ぎ、繰り返す日々の中に、ときどきご褒美《ほうび》みたいな出来事が待っている。

こんなことを書いているさなか、小学六年生の甥《おい》からボイスメモが届いた。再生すると聞こえてきたのは、谷川俊太郎《たにがわしゅんたろう》さんの詩「生きる」の音読だった。以前、学校でこの詩を暗記する宿題が出たというので、繰り返し読んで覚えるのにつき合ったことがあった。

そのときは覚えきることができなかったが「全部覚えたよ」とメッセージが添えられていた。

「生きているということ　いま生きているということ」

甥の声を通して、ひとつひとつの言葉が心に染み入る。命の先に生きるがあって、生きるの先に暮らしがある。そうだ、生を活かすのだ。

今日したこと、明日すること、これまでの時間、これからの時間、全てが私の暮らしの一片だ。暮らしそのものに正解はないからこそ、できるだけ心安らかに、自分の暮らしを楽しもう。

装画・題字　湯浅景子
写真　甲斐みのり
装釘　藤原康二

くらすたのしみ　目次

旅の中へ

古本のある生活

カセットテープの記憶

猫と富士山

好き

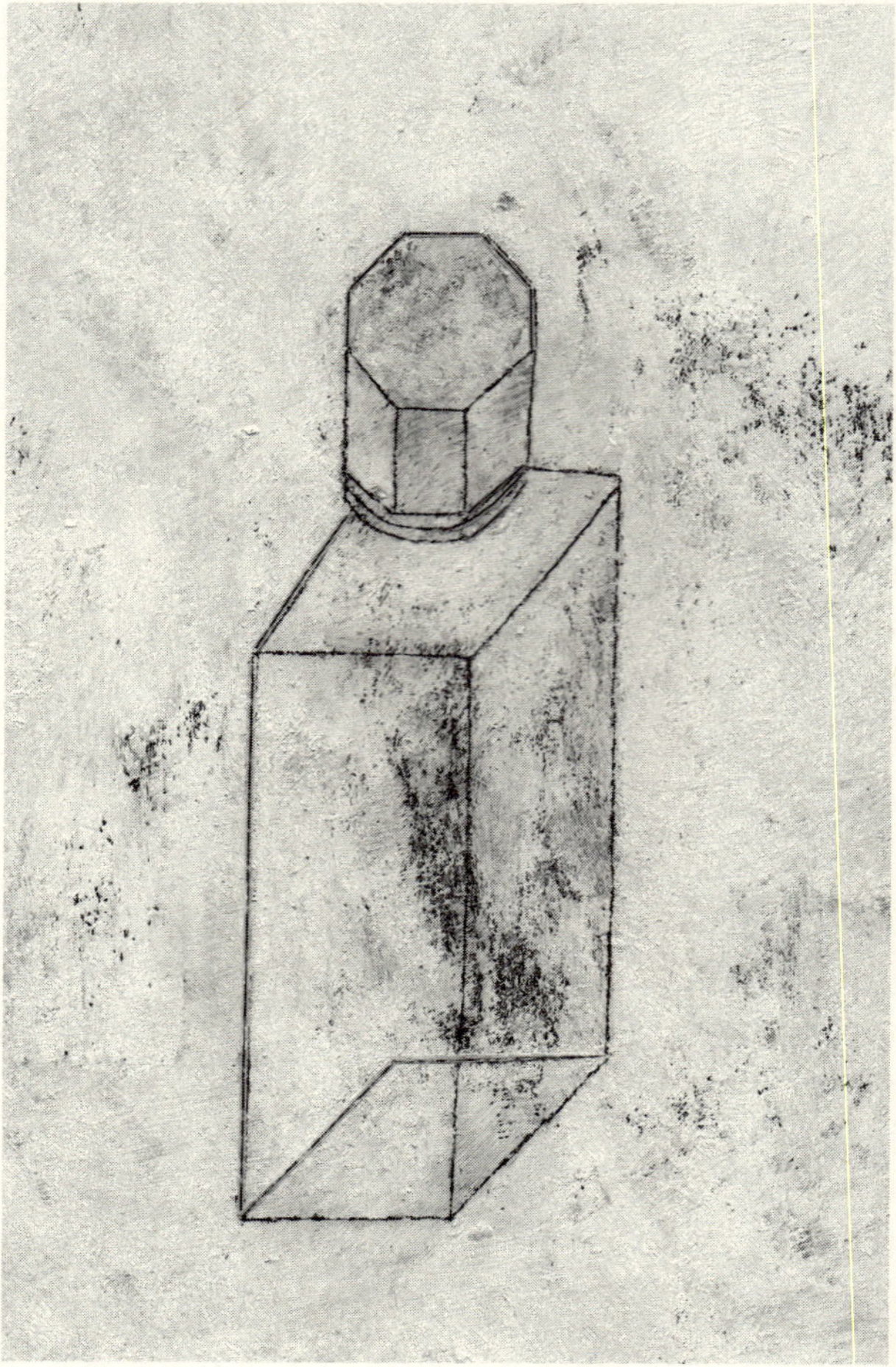

くらすたのしみ

竹久夢二の甘美な千代紙

和装で暮らし、黒髪と日本の文化を好んだ祖母の影響で、十代の頃、竹久夢二《たけひさゆめじ》に心酔《しんすい》した。はじめは画集や展覧会で憂《うれ》いを帯びた美人画ばかりを眺めていたが、二十代で本郷《ほんごう》の弥生《やよい》美術館・竹久夢二美術館を訪れ、夢二のグラフィックデザイナーとしての天賦《てんぷ》の才を知った。

夢二が図案を起こした千代紙《ちよがみ》や便箋《びんせん》を販売する小間物店・港屋絵草紙店《みなとやえぞうしてん》には、連日女学生が押し寄せたというが、ツバメ・日傘・ゴンドラ・十字架などの図案は、今見ても真新しく感じられる、流行に揺らぐことのないものばかりだ。大正から昭和・平成・令和と時代は移っても、夢二の図案を用いた雑貨は様々作られ続け、私もハンカチ・ノート・浴衣《ゆかた》を愛用している。

弥生美術館・竹久夢二美術館で夢二の図案に触れたあと、その足で向かったのが、美術館からほど近い千駄木《せんだぎ》のいせ辰《たつ》。江戸千代紙や紙雑貨、江戸張子が取り揃う創業百五十年を越す老舗《しにせ》で、竹久夢二が図案を手がけた木版手摺《てず》りの千代紙も一枚単位で求めることができる。それを数種、色違いで買って帰り、しばらくほうっと見惚れながら日々を過ごした。

後日、文具やら切手やら細々としたものを収める卓上タンスを注文するため、店を再訪した。数ある中から選んだ千代紙は、夢二の図案でもっとも好きなマッチの柄。求めてから二十年ほど経ち少しだけ色褪せてきたが、見るたび甘美《かんび》な思いが湧いてくる。

いせ辰が版権を持つ夢二の千代紙は、定番としての安心感があるのが嬉しい。なんだかもったいなくて、最初は紙のまま大事にとっておいたが、気に入っているものはまた買いに行けばいいと、手元の千代紙をブックカバーや封筒に作り替えるようになった。女学生の頃から夢二のファンという祖母にそれを贈ると、愛らしい図案を前に大喜び。ふたりして少女時代に戻ったようにさざめき合った。

千代紙
夢路
十字架
四拾九番

月曜に微笑む縁起物

大学進学で静岡の実家を離れるまでは、旅行好きの両親の計画で、年に二度ほど家族旅行に出かけていた。訪れた先では、その土地に根づく民芸品や郷土玩具といった、縁起物を求めるのが父のお決まり。我が家の玄関にはいつも、父の蒐《しゅう》集品《しゅうひん》である全国各地の縁起物が飾られていた。

私が、紙や土や陶器でできた郷土玩具を飾るようになったのは、今の家に越してきてからで、定位置はやっぱり玄関。父がそうしていたように、下駄《げた》箱の上の飾り棚に張子や土人形を並べている。帰宅して扉を開けたとき、にっこり愛嬌《あいきょう》のある縁起物の人形と目が合うと、より一層、家に帰ってきた安堵《あんど》の思いに包まれる。

それから寝室にも、眠っている間の守り神のように小さな人形が並んでいる。

ぼんやり目をこすりながら目覚めた朝、ダルマや招き猫が視界に入ると、にこやかで晴れ晴れとした気持ちになる。一日のはじまりに穏やかでいられたら、その日は夜まで平穏が続くような気分になる。そうあるための、おまじないのような存在なのかもしれない。

父は月に一度、床の間の掛軸と玄関の飾りを替えて楽しんでいた。私はそれほど多くの縁起物を持っていないので、一年中ほぼそのままだ。その分、週のはじまりには必ず埃《ほこり》を払って掃除をする。そうすると、新たな一週間を清々しく迎えることができる。心なしか、縁起物たちも月曜日が待ち遠しそうで、埃を払って綺麗《きれい》になったその顔は、いつもより微笑《ほほえ》んでいるように見えてくる。

文字の美しさを教えてくれた風呂敷

父と母は贈り物を選ぶとき、静岡市立芹沢銈介《せりざわけいすけ》美術館の売店まで足を運び、その人に合う柄の風呂敷を選んでいた。芹沢銈介は静岡生まれで、型染め作家として人間国宝に認定された地元の誇りである。自分たちが暮らす静岡らしいよいものを届けたい、知ってほしいという気持ちを込めていたのだろう。

私も父と母について、たびたび芹沢銈介美術館を訪れた。美術館は歴史の教科書で学習する弥生時代の遺跡・登呂《とろ》遺跡に隣接し、すぐ近くには静岡名物・安倍川餅の店もある。実のところ、子どもの私は美術館より、そのあとに立ち寄る餅屋を楽しみにしていた。

けれども美術館で芹沢銈介が意匠《いしょう》を手がけたハンカチやカレンダーを両親に買ってもらい、幼い頃からその作品に慣れ親しんでいた経験もあって、芸術大学に通いはじめる頃には、次第に芹沢作品に魅了されるようになっていった。
平仮名や漢字、毎日使う文字の形の美しさに気がついたのも、芹沢作品を通じてだった。それだけでなく河井寛次郎《かわいかんじろう》や棟方志功《むなかたしこう》など民芸運動に関わりがある作家の、力強く躍動《やくどう》的な作品にも愛着を感じるようになり、日本各地の民芸館を巡りはじめるきっかけにもなった。

我が家にあるいろはにほへと……と平仮名が図案化されたいろは文の風呂敷は、もともと静岡の実家にあったのを譲り受けたものだ。これもきっと芹沢銈介美術館で求めたのだろう。

母は着物やら重箱やらを包むのに使っていたが、私は急な客人があるとき、部屋の中にどさっと積んだ未整理の本の目隠しによく利用している。あるとき、和装好きの友達が本の山を覆う風呂敷に気がつき、こんな使い方をしてはもったいないと簡単にバッグとして活用できる結び方を教えてくれた。これからはちょっとかしこまったときにカバンに忍ばせ、特別な日のエコバッグとして活用したい。

サンタクロースの最後の贈り物

「サンタクロースが来てくれるのは六年生までよ。最後の贈り物なにを頼む？」

師走《しわす》のある日、母が私にこう問うてきた。十二歳ともなればさすがにサンタクロースの正体に気がついていたが、そうした方がいいような気がして、できるだけ平然と知らないふりを装った。そうして答えたのがシルバニアファミリーの家。もう同級生で人形遊びをする子はおらず、ドールハウスをお願いしたと友達に知られては恥ずかしい。それでも小学生最後の年に子どもらしい玩具《おもちゃ》がほしかった。

子どもは小学生までで春からは大人の仲間入りだなんて、なんともどかしい線引きだろう。寂しさとそこはかとない不安から、そんな甘えた望みがこぼれ落ちた。一年前はあんなに楽しみにしていたクリスマスの朝も、これまでのように無邪気にはしゃげない。目覚めてすぐ枕元の大きな包みを前に微《かす》かな溜息をついた。

物心ついてからサンタクロースにもらったプレゼントを今でも全て覚えている。子ども部屋のベランダから大きな声で空に願った、ほしくてたまらないものばかりだったから。そんな中、唯一手放せなかったのがシルバニアファミリーの家。子ども時代の終わりの証《あかし》のように、あるじ不在の子ども部屋に飾られたままだ。

成人の日に帰省したとき、その小さな家から人形用の絵画を持ち帰った。それだけが、ひとり暮らしの自分の部屋にも似合う気がしたからだ。化粧瓶の合間に立てかけたゴッホのミニチュア絵画は一枚きりではどうも寂しく、手芸店のドールハウス用の小物売り場で、さらに数枚の絵画と額縁を買い足した。

ミニチュアの名画と小さな額縁に愛おしさを覚え、あれこれ集めるようになった。ベッドサイドの壁の一角を飾ったり、白鳥や猫の置き物の隣に並べたりした。胸の内に息づく少女が、かつて無理矢理断ち切った人形遊びへの思いを晴らすかのように。しかしその思いも落ち着き、小物入れの中にいくらか残るだけだ。今も時折目に触れることがあるが、少女時代の記憶が見え隠れするサンタクロースの最後の贈り物は、いつでも私をあの頃の眼差しに戻してくれる。

我が家の夏支度

目覚めてすぐにベッドの横の窓を開く。まったり熱を帯びた風が今年はじめて部屋の中に流れ込んだら、家中のグラスとガラスの器をテーブルに並べて、順に洗う。曇りのないように、中まで光が差し込むように。

キュキュッと弾むスポンジの音は、プールではしゃぐ甲高い子どもの笑い声によく似ている。水浴びを終えた透明の器を撫《な》でるように優しく乾いたふきんで磨き、秋冬春と、食器棚の奥に追いやられていたそれらを取り出しやすいよう手前に並べて、次の作業に取りかかる。鍋でたっぷりお茶を煮出して、しばらく冷ましてからワインボトル型のガラス瓶に移し入れ、冷蔵庫にしまう。

これは我が家の夏支度のひとつ、いわば台所の衣替えだ。トウモロコシや素麺《そうめん》を盛る竹ざる・枝豆用の大きな鉢・ワインに果物をつけるサングリアのための口の広い瓶・寒天やゼリーなどの冷菓を作るアルミのカップ・アイスクリームを掬《すく》う白い貝のスプーン。同時に夏の食卓の定番も手にしやすいよう、食器棚や料理台の引き出しの中身を入れ替える。

大阪の大学を卒業したあと少しの間、京都・祇園《ぎおん》の料亭で働いた。独自の伝統が根づく花街《かがい》の夏支度はとても大がかりで、畳に籐《とう》の網代《あじろ》を敷いたり、襖《ふすま》や障子《しょうじ》を風通しのいい簾戸《すど》に取り替える家もある。屛風《びょうぶ》や掛軸、座布団、着物に草履《ぞうり》、酒器や料理皿はもちろん、町屋の中の様々なものがいかにも涼しげな夏のしつらえに替われば暑さも忘れ、仕事をする手や足や、もてなしの心までも軽やかになる。

最初の客人を迎え入れる少し前を見計らい、絽《ろ》の着物で店の前を打ち水する夕暮れのひとときは至福だった。太陽の光をたんまりと吸収し熱を帯びた道に水をまくと、部屋に吹き込む風までもさらさら涼しく感じられる。

今暮らす東京のマンションに庭はないが、日が沈む前に鉢植えの草花に勢いをつけて霧吹きで水をかけると、打ち水のあとのように部屋の中にこもった熱がすっと収まる。エアコンの冷気が苦手だから、祖母や母や京都暮らしから学んだ暑気払いを生活に取り入れ、夏を楽しんでいる。

京都の住まいは下鴨《しもがも》神社から歩いて五分という場所にあった。毎年七月には、夏の土用の丑《うし》の日までの数日間おこなわれる下鴨神社みたらし祭で、足つけ神事に列するのを楽しみにしていた。

普段は立ち入り禁止の御手洗《みたらし》川に足をひたして、無病息災を祈りながら水の中を進む。御手洗池は古来より、土用が近づくと清水がこんこんと湧き出るところから京都の七不思議のひとつとされ、その水泡をかたどったのがみたらし団子の発祥と伝わっている。

日頃、朝おやつと称し朝から甘いものを食べるほどのお菓子好きの私にとって、とても崇高《すうこう》な祭りである。昨年はちょうど京都での仕事と重なり数年ぶりに参詣できたけれど、果たして今年はどうだろう。たとえ上洛《じょうらく》できずとも、祭りの時期に合わせ、一年の無事を願いつつ自ら白玉粉をこね、冷蔵庫で冷やしたみたらし団子を味わうつもりだ。

お菓子の箱は宝物

ピンク色の蓋《ふた》を開けるとオルゴールが流れ、クリクルとバレリーナの人形が回る。そんな仕掛けがついた宝箱がほしかった。大人になったらいつか手に入れようと思っていたけれど、結局今も少女時代と変わらず、空になったお菓子の箱や缶の中に大切なものを収めている。

旅から帰ってきた父や、来客が手渡してくれた小さな包みがお菓子だとわかると飛び上がって喜んだ。母がいれてくれた紅茶とともに甘いお菓子を味わうことも嬉しかったけれど、お楽しみはそれだけでは終わらない。

綺麗な色柄の包み紙やリボン、微かに甘い香りが残るお菓子の空箱をもらって、大切なあれこれを詰め込む時間の、なんとも甘美なこと。思えばお菓子の箱こそ、宝箱という名の宝物だったのかもしれない。

開けられることのない化粧瓶

化粧をする母の背中にしがつみき、鏡越しにその姿を眺めるのが好きだった。母の留守を見計らい、ときどき鏡台の前で化粧の真似ごとをして遊んでいた。あるとき、蓋を開けると甘い香りが漂う、綺麗な色と形の母の化粧瓶がどうしてもほしくなった私は、鏡台からこっそりと持ち出して、自分の机の引き出しにしまい込んだ。

しかし悪事はすぐに見つかり厳しく叱《しか》られた。「悪いことをしてごめんなさい」と泣きながら謝ると、母は私の手に別の化粧瓶をそっと載せてくれた。「はい、これをあげる。中身は空だから、眺めるだけよ」と優しい声で。

それから三十年、母の言いつけは守られたまま。あの日からずっと、ただ眺めるためだけの化粧瓶を、鏡台に飾り続けている。

絵葉書選びの時間

旅先・美術館・雑貨店、訪れる先々でつい求めてしまう絵葉書。値頃だしおみやげにもなるし、殊《こと》に気に入った絵柄ならば、一枚は手紙を書くときに使い、もう一枚は記念に保存しておこうと同じものを二枚買うことも多い。いつからかカード入れとして活用している大きな靴箱から溢《あふ》れ出るほど、何百もの数が溜まってしまった。

先日また旅先でどっさりと買い込んだ絵葉書を箱にしまいながら、ここには一生のうちに使い切れないくらいの絵葉書があるんじゃないかと、途方に暮れた。もう絵葉書を買うのをやめようかとも考えたが、それよりもこれまで以上に多く手紙を書こうと決心した。よほどの急ぎではない用事やお礼は、自分の手で綴った文字で気持ちを伝えよう。

かしこまった長い文章でなくても、ほんの一言の「ありがとうございました」とか「お元気ですか」という短い言葉ならば大きく気負うこともない。他愛もない些細《ささい》な挨拶《あいさつ》だとしても、気に入って求めた絵葉書を送ることで、そこに込めた気持ちはきっと伝わるだろう。

それからは、毎日とまではいかないけれど、仕事の合間や朝や夜のつかの間に、頻繁に手紙を書いている。相手の好みを思い浮かべて、あの人にはこの絵柄が似合うなと思う一枚を、箱の中から選び出す。旅に出るときは、あらかじめ切手を貼った絵葉書をカバンに入れて持ち歩き、ホテルの部屋や立ち寄った喫茶店で便りをしたためる。手紙好きには満ち足りたひとときだ。

EZRA JACK KEATS
A PORTFOLIO OF NOTES
Post Card

GAINSBOURG
オイデルミン

ものを持つ暮らし

シンプルな暮らしという価値観がすっかり浸透した。厳選された家具や日用品がすっきり配置された部屋の写真を見るたび、ものを多く所有する自分は煩悩《ぼんのう》だらけのような気がして、恥ずかしさや罪悪感を覚えるようになった。

時流の断捨離にも感化され、所有物を減らす意識や努力をはじめた。ちょっと思い切れば手放せるものは思いのほか多く、代わりに一生ものの日用品を探す喜びに出合えたことは大きな収穫だった。しかし十代の頃から熱を入れて集めてきた本や雑貨となると、なかなか未練を断ち切ることができない。ものを手放せないのは執着が強く心が弱いからだと、自分を責めて落ち込むこともあった。

そんな中、蔵書を減らそうと本棚の一角に並ぶ女性作家たちの本を見返していたときのこと。森茉莉《もりまり》・向田邦子《むこうだくにこ》・白洲正子《しらすまさこ》・大村《おおむら》しげ、敬愛する女性作家の部屋の写真を眺めながら、なにかが吹っ切れる感覚を覚えた。独自の美意識や価値観を持つ人たちが大量のものに囲まれて生きてきた姿に触れ、ものも含めてその人なのだと感じ入った。雑然としながらも彩り豊かで幸福な賑《にぎ》わいに満ちた、その人らしい部屋の写真を眺めていると、こちらまで好きと感じる気持ちが呼び覚まされ、心が落ち着く。一方で持たない暮らしを実践している人の部屋に憧れるのも、その人の生き方や自分にはない意志や感性に憧憬《しょうけい》の念を抱くからだろう。

自分らしさを貫いている人は、ものが多くても少なくても魅力的なのだ。私もぼんやりとした劣等感を捨て、好きなものに囲まれながら生きていこうと心が決まった。とはいえ、必要以上にものを持たないこと、手放すこと、諦めること、執着しないことが身につけば、時間や空間やお金をもっと有効に使えるようになることも十分に心得ている。そればかりか気持ちがすっきり楽になったり、精神面の変化も必ずあるだろう。持つ意味、持たない理由を誰かと一緒に考えたり話し合ったり、あるいはひとりで葛藤《かっとう》することも決して無駄ではないと思う。

ものを集めてしまうことにしばしば自己嫌悪に陥《おちい》るという知人に「たくさんも

のを持つのが辛くなることはありませんか？」と訊《き》かれたことがある。そのとき私は、自分の気持ちをこのような言葉で伝えた。

「自分にはなにより好奇心が大切なので、それに付随する持つことの葛藤とは、一生つき合っていく覚悟でいます」

私の仕事や暮らしの原動力は、琴線《きんせん》に触れる様々をとことん追求することにある。それはものを欲する気持ちや好奇心と、常に隣り合わせにある。ものを作ったり売ったりするのが仕事でもあるのだから、物欲は必ずしも悪ではないと思う。

私のもの集めの原点は、幼い頃に母が贈り物を包む綺麗な包装紙を大事に保管し、ブックカバーやお弁当包みに再利用していたことだ。その姿を見て、箱でも紙でもなにか別のことに活用できないかを考えて、とっておく癖がついた。大学に進学してからは、知りたいことを探求したり知識を広げるため、大阪市内の古本屋を自転車で巡り、夢中で本を集めるようになった。さらには意匠に魅せられて、マッチ箱やお菓子の包装紙の蒐集をはじめた。

思想家・柳宗悦《やなぎそうえつ》は「蒐集はものへの情愛である」と言っていたそうだ。二十代の私はまさに、蒐集したものの背景に潜《ひそ》む歴史や逸話を探ることで、その対象への情愛を深めていった。最初はただ好きという単純で純粋な気持ちだったのが、次第に後世に残すべき価値があると考えるまでに没頭した。

上京して本格的にもの書きの仕事をするようになってから、本や雑貨への熱情はますます昂《たか》まり、ものは増えるばかり。しかし集めたマッチをきっちり箱に収めたり、蔵書を系統立てて並べるのは、好きなことと向き合える楽しい時間だった。整頓も蒐集の一部と考えられたのは、幸運なことだったのかもしれない。

多くのものを所有する私が理想とするのは、きっちり整頓された状態で愛するものに囲まれて暮らすこと。どんなに思い入れがあるものでも、それがどこにあるのか把握できなければ、持つ意味も失われてしまう。必要なときパッと取り出せる状態にないものはきっぱり手放していこうと、常々意識している。

そして自分以上にそのものを役立ててくれる人に出会ったら、惜しみなく譲ることも私なりのものへの愛情だ。受け継がれ使われてこそ生きるもの、輝くものがあると、私は信じている。

もののバトンタッチ

仕事に必要なものや、暮らしの道具など、多くのものを所有しているが、自分以上に大切にしてくれるだろうと感じる人に出会うと、惜しまずに譲り渡すようになった。私はそれをもののバトンタッチと呼んでいる。

二十代の頃から本・洋服・雑貨・レコード、それに喫茶店のマッチやお菓子の包み紙など、様々なものを蒐集してきた。若い頃は特に、いつでもほしいもので溢れていたし、たくさんのものを手にするほど満たされたような気がしていた。

ところがだ、三十歳を境に少しずつ物欲から解放され、ものへの執着心も消えていった。その頃から、仕事でも私事《しじ》でも旅に出ることが多くなり、旅慣れしたことも少なからず影響している。荷物を最小限にまとめ、カバンひとつで旅をする中、人が生きるにはそんなにたくさんのものは必要ないのかもしれないと思うようになった。さらには、留守の間ひっそり暗い部屋で眠るたくさんのものたちに申し訳ないという気持ちを抱くようになった。

旅から戻った私は少しずつ身の回りの整理をはじめた。その第一歩は、いらないものを捨てるのではなく、愛おしさを覚えて大切に家に持ち帰ったものたちを、もっと有効に活かす方法を考えることだった。ものも愛情を注がれてこそ、さらなる輝きを増していく。日常的に使えるものはどんどん使用し、自分で活用しきれないものは、それを必要とする人が身近にいないか努めて探すようになった。

打ち合わせのため私の仕事部屋にやってきた方が、本棚に飾っていたフランス製の黒猫の小物容れを見つけた。「かわいい!」そう言ってそっと猫の背中を撫でる姿に、彼女ならば自分以上に大事にしてくれるだろうと確信を得た。ひとしきり仕事の話を終えたあと、ほんの少し待ってもらってバトンタッチの準備にとりかかる。新たな部屋へと見送る前に、ささやかなおめかしを施《ほどこ》すのだ。

「可愛がってもらうんだよ」心の中でこう唱えながら、中にお菓子を詰め、包装紙で包みリボンをかける。そして「黒猫をどうぞ」と、彼女にそっと差し出した。

記憶の整理

ものの バトンタッチをはじめてみたものの、残しておくものと手放すものを選別するのは、それなりに難しかった。これは残しておこうとひとつ思うと、ではあれも残そうと、未練の連鎖がはじまってしまう。そうして、自分と同じようにたくさんの本や古道具を持つ友達に心の迷いを打ち明けた。

「積もり積もったあらゆるものを整理したいのだけれど、いざとなるとどうしても手放しがたくなってしまうの。随分と長い間、使いもしない、読みもしない、観もしない、聴きもしないものばかりなのに。やっぱりすぐ手が届くところに置いておきたいという思いを断ち切れなくて」

すると友達はこんなことを教えてくれた。

「ものを捨てられない人の中には、それ自体が必要なのではなくて、そのものに宿っている思い出だけが必要ということも多いと聞いたよ。みのりさんもそうなんじゃないかな。きっと思い出を手放しがたいのだろうから、まずは写真に撮って、それから誰かに譲るなり処分してみたらどうかな」

目から鱗《うろこ》が落ちる思いがした。その通り、私が今までものを手放せなかったのは、そこに自分の思いが宿っているからだ。いつ、どこで、どんなことを考えながら手に入れたのか、そうした思いを失くすことに切なさを感じているのだ。

深々と感心した私は、実体のあるものではなく、形のない思い出を残すべく、記憶の整理に励《はげ》むことにした。長年手放せなかったものを次々と写真に収めてみると、あんなにも躊躇《ちゅうちょ》していたものとの別れに踏ん切りがついた。写真を見ればいつでも何度でも、思い出を再生できる。今日も友達にバトンタッチするものを写真に収めた。これからまた別の部屋で、新たな思いが宿ることを願いながら。

ずっと一緒の宝物

大阪の大学への進学をきっかけに、生まれ故郷の静岡を離れ、ひとり暮らしをはじめることになった。引っ越しの数日前、住み慣れた実家に荷物を引き取りにやってきたのは一台の軽トラック。父が学生時代に使っていた古い勉強机と椅子、布団、最低限の衣類と日用品と本を詰めた段ボール五箱をトラックに載せる作業は十五分も経たぬうちに終了し、荷台にはまだ十分な隙間が空いていた。

「家にあるものを持っていくより、これからひとつずつ自分で好きなものを選んで、ゆっくり揃えていきなさい」

私が思っていたことを、母が先に口にした。

これから新たな暮らしが始まるワンルームに荷物を運び入れたところで、部屋の中の風景はなにもなかったさっきまでとさほど変わりなく、ガランとしたまま。

掃除も荷解きもたちまち済んで、手持ち無沙汰《ぶさた》を穴埋めすべく、散歩がてら近所のスーパーへ向かい、包丁とまな板を買った。

それから京都、東京と移り住み、一番最近の引っ越しでは、中型トラック二台分の荷物を今の住まいに運び込んだ。職種柄、仕事に必要な資料や本がその大半ではあるが、軽トラック一台でも余裕があった最初の引っ越しを思い出し、年月の連なりや広がりを感じずにはいられなかった。

かけがえのないものやことを自分の内側から掘り起こす、宝物について考える講座を開催した。「自分の家や部屋に十年前からあるものはなんですか？」と問いかけ、自室の様子を思い出し、長年をともに過ごしているのはどんなものか、紙につらつら書き出してもらった。

「いろいろあるようで、ひとつもないかもしれません」筆が止まったままの人から、こんな言葉が漏れてきた。携帯電話もパソコンも、洋服も靴も、毎日よく使うものほど、数年で買い替えたり、手放してしまうらしい。

「数え切れないほどあります」今度は実家暮らしという人の照れくさそうな声が聞こえてきた。玄関の民芸品や暖簾《のれん》、食器も鍋も台所にあるほとんどが二十年、三十年選手で、実用的な道具類や電化製品も、形が崩れたり動かなくなるまで使うのが一家の習慣なのだそう。

前者の方は三十歳になったばかりで、記念になにか一生ものを買いたいと言っていた。私も三十代を迎えた頃は、自身の価値観や好みがやっと定まってきて、十代二十代のときになにげなく買った様々なものを手放し、一生使える手仕事の道具に買い替えるのに夢中だった。彼女もきっとこれから、十年二十年と長い年月をともに過ごせるものが少しずつ増えていくだろう。

一方、家族と同居していると、長年に渡り使い続けているものの数はぐっと増す。私の実家にある日用品のほとんどが、三十年以上家族の暮らしを支え続ける古参たち。特に大きなこだわりを持って選んだわけではないだろうが、家族の風景や手になじみ、家を離れた私にとっても愛着のあるものばかりだ。

講座の最初に問うた十年というのは、所有するものへの思いを見つめ直すひとつのきっかけとして提示した年数にすぎない。一生ものと決めて求めたものも、何気なくずっと使い続けているものも、意識的に見つめ直して宝物に認定し、愛《め》でてみてはいかがでしょうかと話し合った。

かく言う私には、長いつき合いの宝物はどれだけあるだろう。ひとり暮らしをはじめるとき段ボールに詰め込んだスヌーピーのバッグとヌイグルミ。母からもらったブローチ。父のおみやげの玩具の指輪。働きはじめて自分で買った包丁や香炉《こうろ》や器の数々。もっと歳を重ねたとき、ひとつひとつの思い出が記憶の中ですぐに再生できるような、大切な宝物を増やしていきたい。

母からの贈り物

私が通った大学には、五月の第二週に郵便局の出張所がやってきた。〈母の日にレタックスを送ろう〉と記されたのぼり旗が揺らめく横で、学生たちは青空の下に素っ気なく置かれた長机に並んで座り、カードにメッセージを書き入れる。当時はまだ携帯電話が普及する前で、直筆のメッセージやイラストを送ることができる電子郵便は、電報のような特別さと葉書のような気軽さで、親元を離れてひとりで暮らす学生たちに重宝された。

アメカジ・モッズ・ヒッピー・ボーダーシャツにベレー帽。芸術大学だからか、母への思いをしたためる後ろ姿も個性的な装いばかり。赤い髪に革ジャン姿のパンク青年も真剣にペンを走らせる。みんな優しいなあと、こちらまでじんわり気持ちがまるくなった。

一食分の食事代に等しいレタックスの利用を迷っていた私も、清々しい風景に背中を押されて、照れながらも真面目に正直に、日頃の感謝と自らの決意を、かしこまった文字で綴った。

「いつかお母さんの好きなものをプレゼントします」

その誓いが果たされたのは、大学を卒業して数年後。なんとか仕事で独り立ちできたとき、ささやかながらも母の日に贈り物を届けた。最初に選んだのは、谷川俊太郎さんの詩集。次の年はスカート、その次は傘、またその次はスカーフ。顔を合わせるとき、それらを大事そうに使う姿を見て、喜んでもらえるだろうかと抱いた不安がすっと消え去った。

誕生日・クリスマス・苦手なものやことを克服できたとき、母からたくさんの贈り物を受け取ってきた。大人になった今は真新しいプレゼントより、母が長く使っていたものや、大切にしてきたものを譲り受けるのがなにより嬉しい。母が若い頃に着ていた洋服や着物・化粧瓶・アクセサリー・世界の民芸品・台所道具・辞書・家族写真、帰省のたびなにかひとつ、母からバトンタッチしてもらう。中でも、赤ん坊の頃の自分の様子が記された子育ての記録帳は他のどんなものにも代え難い、母から引き継いだ宝物だ。

生まれ育った静岡の家を離れてから随分と経ち、生まれ故郷より他の土地で暮らした年月の方が長くなった。帰省するのは平均して年に二度ほど。父や母が東京の住まいへやって来たり、ともに旅もするけれど、それでも親子で過ごす機会は随分と限られる。この先、ふたりと何回会えるだろう。どれだけ一緒にいられるだろう。単純に数字で割り出すことをためらいながら、ぼんやり数を想像して、ちくりと胸が痛んだ。

絶えずぴたりと寄り添うことはできずとも、今なら、今だからこそ叶えられることはたくさんある。話したいこと、聞いてみたいこと、見せたい景色、味わってほしいおいしい味がたくさんある。私がそうしてもらったように、楽しいこと、嬉しい気持ちを、少しずつでも届けたい。

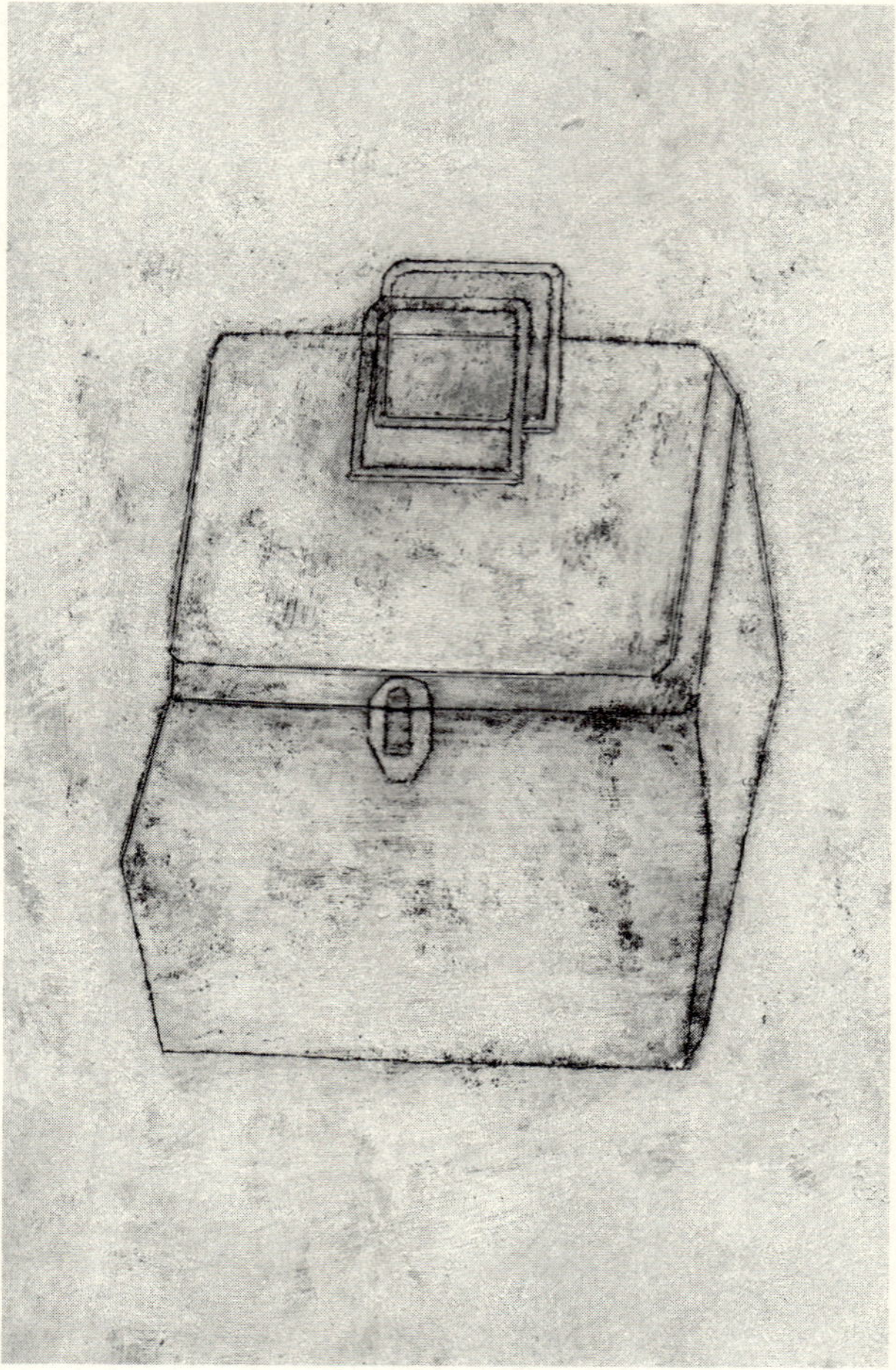

少女遺産

蝶のブローチ

衣類の襟《えり》や胸につけるバッジが職位や資格を表す役割を果たしてきたのに対し、ブローチは古代から個人の美意識で着飾るための装身具《そうしんぐ》として愛でられてきた。貴金属・木・陶器・動植物・幾何学《きかがく》模様・イニシャル、華美なものから素朴なものまで、素材も意匠も様々あるが、そのほとんどが手の平に収まるほどの大きさだからか、可憐《かれん》に思える。幼い日に母の宝石箱にいくつか入っていたのを、こっそりうっとりと眺めたが、私にとってブローチは、指輪やイヤリング以上に親しみを抱く、気さくな存在だ。

収納に場所を取らないうえ、手頃な価格のものが多いためつい買い足してしまい、コレクションもいつの間にか五十を超えた。洋服店だけでなく、美術館・書店・古道具店・友達が作ったものと、それぞれがいろいろな場所からやってきて、ひとつひとつに思い出が宿っている。

化粧をしたり着替えたり、出かける準備が整った最後、ブローチ入れに利用している資生堂パーラーの菓子缶を開き、気分に合わせて今日のひとつを選ぶ。コートやワンピースの胸元に装着したらいよいよ、よそ行きのコーディネイトが完成する。

私のはじめてのブローチは、蝶《ちょう》の形の七宝《しっぽう》焼き。数ある中でももっとも輝いて見える、大切な宝物だ。それというのも、家族で訪れた観光地のみやげ店に並んでいたものを、父と一緒に選んだから。素朴な祖母の手編みのカーディガンにもよく似合う上品な佇《たたず》まいで、小学校の卒業式でも胸につけた。父はもうあの日のことを覚えていないだろうけれど、今度会ったときに今でも大事にしていることを伝えてみようと思う。

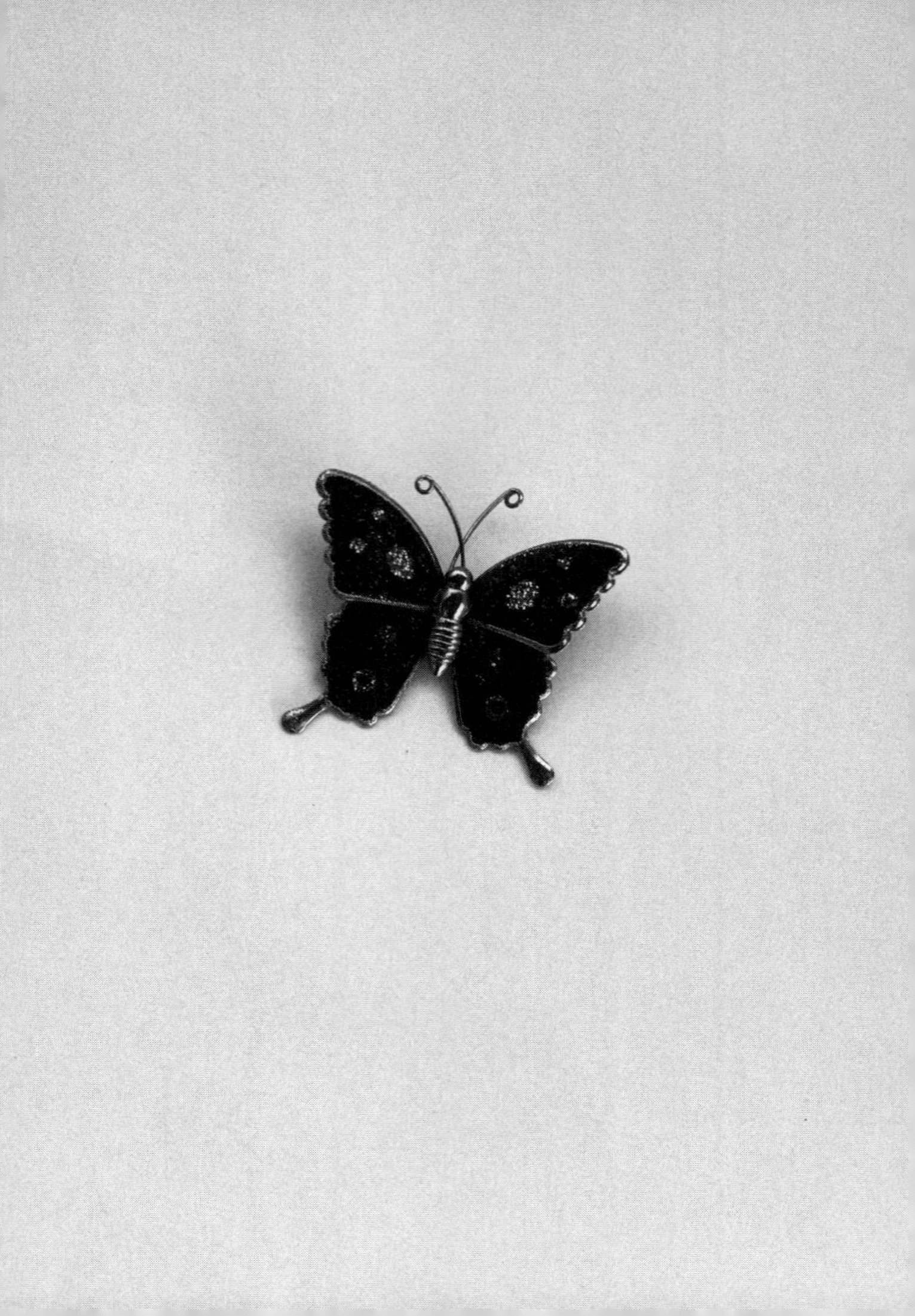

服が喜ぶ木製ハンガー

服は人が袖を通してはじめて魅力の全てを発揮する。コート・ワンピース・ブラウス、気に入ったものは全てハンガーに掛けて保管するようになったのは、常に人のまるい肩の形を感じていた方が服も心地いいだろうと思ったからだ。

クリーニングに出すとついてくるプラスチック製のハンガーを使っていたが、ついこの間、クローゼットの中の服の一部をしっかりとした木製ハンガーに吊るし替えた。するとこれまでどことなく、いびつな形で眠っていた服たちが、生き生きと活力を取り戻したように見えた。人が袖を通さないときも、木製ハンガーから肩の線や厚みを感じることで服もより自然体でいられるのだろう。

東京から友人家族が移住したのをきっかけに、兵庫県豊岡市に縁ができた。豊岡は柳細工を起源に千年以上前から柳行李《ごうり》が作られ、日本屈指のカバンの生産地へと発展したもの作りの町。その豊岡には昭和二十一年の創業で、今は日本唯一の木製ハンガーメーカーとなった中田工芸の本社や工場が所在している。

一流店のオリジナルのハンガー作りを担う中田工芸は、かつては荒物屋として生活雑貨を販売していたという。それが終戦後に暮らしが安定してきたことで洋服を仕立てる人が次第に増え、ハンガーの需要が高まったのをきっかけに専門のメーカーになった。当時は既製品の洋服は少なく、自分の体型に合わせてあつらえるのが当たり前の時代。自分のために仕立てたスーツやワンピースを、みなさぞかし大事にハンガーに掛けたことだろう。

豊岡市を旅した折、中田工芸を訪ねる機会に恵まれ、硬くて丈夫なブナの木のハンガーがクローゼットに仲間入りした。その美しい木の湾曲に触れ、ハンガーは付属品でなく洋服と同等にある、なくてはならない大切な道具なのだと気づいた。これから少しずつ買い足して、そのうち総入れ替えしようと思う。

服を掛けるハンガーに、福が訪れるよう願掛けをする人がいると聞いた。とっておきの贈り物に、服が喜ぶ特別なハンガーを選ぶのも良さそうだ。

バニラの香りのハンカチ

草花が芽吹く春の訪れは気持ちが浮き立つものだけれど、小学生の頃は四月のはじまりを殊更《ことさら》楽しみにしていた。特別に他の月より多くお小遣いがもらえたのも理由のひとつ。うやうやしく母から受け取った千円札は、まるで一人前の証のようだった。

姉と一緒にという条件つきだったけれど、子どもだけで買い物に行けることが嬉しくて、玄関を出る前から鼻歌まじりに笑みがこぼれる。前の日には土筆《つくし》を摘んだ道を通って、向かうは近所の雑貨店。入口に立つと「ピンポンピンポンピンポーン」と来客を知らせるチャイムが鳴るのが当時の田舎町では珍しくて、どちらが先に扉を開けるか、じゃんけんしながら姉と歩いた。

そこは町内の女の子たちがファンシーショップと呼ぶ憧れの店で、大人向けの洋服やアクセサリー、ちょっとした化粧品などとともに、子ども用の文房具やギフトグッズが並んでいた。毎年新しい学年になる前に勉強道具を一新するため、時間をかけてひとつずつ選んだ。

母からのお小遣いとは別に、進級祝いとして当時発行されたばかりの五百円玉を祖母が握らせてくれた。そのピカピカの硬貨を使って真剣な眼差しで選んだのがハンカチ。小学校に入学してから、家族で百貨店に出かけると買ってもらったり、母や祖母のお下がりを譲り受けたりしながら、毎日違った柄をポケットに入れられるよう少しずつ色々な種類を集めていたのだ。

低学年のうちは迷わずキャラクターものを手にしていたけれど、四歳上の姉が小花や果物の絵がちりばめられたハンカチを使うようになり、私も真似して色違いでお揃いの柄を選んだ。お気に入りのハンカチを持つことは、着飾ることに非力な田舎の小学生でもできる精一杯のお洒落《しゃれ》。ランドセルの中にはぴかぴかの文房具、ポケットには真新しいハンカチ。おろしたてのお気に入りと一緒ならば、馴《な》れない教室でも気丈でいられた。

高学年になるとよく放課後に洗濯ごっこをして遊んだ。洗面器に張った水でじゃぶじゃぶハンカチを洗い、アイロンをかける。最後に香水をふりかけていい匂いに仕上げたかったけれど、小学生が香水など持っているはずもなかった。そこで私は、台所からお菓子作りに使うバニラエッセンスを持ち出して、一滴ずつ布に含ませてみることにした。思惑通り、ほのかなバニラの香りが鼻孔をくすぐる、甘い香りのハンカチに仕上がった。けれどもすぐに母の知るところとなり、お菓子作りのための食品で遊んではいけないとこっぴどく叱られた。

食品を持ち出したことは素直に反省したものの、懲《こ》りずに別の方法を真剣に考えた。そこで思いついた妙案は、ハンカチをしまう引き出しに石鹸を入れて香りを移す方法だった。私のあまりの熱心さに呆《あき》れたのか感心したのかわからないが、母はあっさりと真新しい石鹸を手渡してくれた。

そんな少女時代をふと思い出し、ピシッとハンカチにアイロンをかけたあと、あの頃は叶わなかったバニラの香りの香水を一滴ふりかけた。その瞬間、新学期のはじまりのような清々しさがよみがえった。

雨の日のお気に入り

生まれた町を歩くさなか、古びた木造の建物の前で足が止まった。変わらぬ佇まいのまま、同じ場所でまだ営んでいたとは。幼な心にも、昔話に出てくるような古風な作りだと感じていたけれど、あの頃から続く心象と寸分違《たが》わぬ姿で目の前にあった。

雨が降るたび、祖母とともに小さな傘店のガラス戸に手をかけたときのことを思い出す。土間の天井には、まるで光の矢のように色とりどりの傘が吊るされ、小上がりでは職人のおじいさんが一心に手を動かしている。接客を担当するおばあさんに手持ちの傘を差し出し慣れたふうに修理を頼む祖母は、以前は帽子店を営んでいたそうで、職人の仕事に親しみを覚えたことだろう。

壊れた祖母の傘を修理してもらう間、ぐるりと店内を見回した。黄・赤・緑・

黒・紺・紫。縞《しま》柄・チェック柄・花柄。大人用はもちろん子ども用まで、様々な長傘と折り畳み傘、レインコートが並んでいる。傘の専門店を訪れたのははじめてで、目に映るどれもが物珍しい。

店を出るとき、私は小さな包みを抱えていた。中身は、赤地に白い水玉が散るナイロン製のレインコート。首元のタグには九歳用と記されている。はじめて専門店で買ってもらったのが嬉しくて、いつまでも大切にしようと心の中で誓った。そうして結局、九歳どころか二十歳近くまでそのレインコートを愛用した。大切にしようと誓ったが、ここまで長いつき合いになるとは思いもしなかった。

幼い頃は雨が苦手で、着ているものがじっとり濡れるとベソをかいた。そのたび私を助けてくれたのが、祖母が買ってくれたレインコート。青空を照らす太陽の色をした赤い生地が、白い水玉の雨粒を掬い取ってくれるようで頼もしかった。

中学・高校時代は子どもっぽいとタンスの奥にしまっていたのを、ひとり暮らしのため実家を離れるときに持ち出して、再び愛用するようになった。子どもの頃は全身を覆うコートだったが、大学生になった私が着ると、腰より少し下くらいの丈で袖も七分ほど。当時は細身でほどよい程度に個性的な古着のコーディネイトが流行《はや》っていたから、フランスの女優、アンナ・カリーナのファッションを真似たつもりで、しばらくは違和感なく身につけていた。

今はもう祖母が買ってくれた水玉のレインコートに袖を通すことはないけれど、傘立ての横に付属のポーチごと引っ掛けて置いている。雨の日でも気持ちが曇らないためのお守りで、そばにあると安心できるライナスの毛布のような存在だ。

驟雨《しゅうう》・地雨《じあめ》・村雨《むらさめ》・天泣《てんきゅう》・霖雨《りんう》・霧雨《きりさめ》・甘雨《かんう》・肘笠雨《ひじがさあめ》・篠突《しのつ》く雨《あめ》・片時雨《かたしぐれ》・外《ほ》待雨《まちあめ》・酒涙雨《さいるいう》・栗花落《つゆりかなを》・五月雨《さみだれ》・薬降《くすりふ》る。大学受験の論文対策として、状態や季節ごと異なる雨の名前を覚えた。進学を希望する芸術大学の文芸学科には詩・小説・エッセイのいずれかを書く試験があり、多くの言葉を覚えることが、私には重要な試験勉強だったのだ。

最初は気象庁の天気予報に使われる用語の載った資料を開いたが、並んでいたのは誰にでもわかる明快な表現。よい天気・ぐずついた天気・不安定な天候・弱い雨・豪雨などというのは、万人に説明するのにはわかりやすいが、詩や小説となると味気ない。そこで、先に並べたような雨の名前をひたすら暗記した。それからは雨降りのたび、覚えた雨の名前からちょうどいい言葉を思い浮かべることが面白くなり、苦手な雨の日もそれなりに楽しみを見つけて乗り越えられるようになっていった。

何年か前に雨とみどりと名づけられた詩的なブレンド茶に出合った。茶葉やドライフルーツの間で氷砂糖がきらきら輝くそのお茶を、すぐにでも飲んでみたい衝動にかられながらも、ぐっと我慢したのは、雨の日に味わいたいと思うがゆえのことだった。

今日は晴れ、明日は曇り。天気予報とにらめっこしながら、ようやくしとしと雨が降り出したのは数日後。待ってましたとばかりに、朝一番ガラスのポットでお茶をいれると、湯の中の緑の葉が柔らかく開き、雨を受けてみずみずしく輝く新緑の景色と重なる。薄暗い部屋の中は甘酸っぱい香りに満たされ、もしも雨粒の匂いがこんなふうに甘美なら、苦手な雨の日も待ち遠しくなるのにと思った。

マキシンの帽子

浅草の帽子屋に生まれた父は、出かけるとき必ず帽子をかぶる。そういえば母方の祖父も外出の折、帽子が必需品だった。昔の写真を見ていると、祖父がスーツの形や色に合わせて帽子を変えていたことに気がついた。私が出かける日にアクセサリーを身につけるように、祖父や父にとってそれは、お洒落に欠かせないもので、ハレの日の装いでもあったのだろう。

しかし私は帽子屋の血を引きながらも、長らく帽子に対して劣等感を抱いてきた。愛らしい帽子と出合っても、似合うはずがないと試着前から諦めてしまい、手に取ることすらできない。何度か思い切って試してみても、鏡の中の自分の姿が頭にせいろを載せたように見えてしまい、苦手意識は大きくなるばかりだった。

神戸の老舗を紹介する本を書くことになり、婦人帽子店・マキシンの工房を見学する機会に恵まれた。ファッションの街でモダンな文化に触れ、お洒落心に長けた神戸の女性たちの憧れ、それこそがマキシンの帽子である。

昭和十五年、パリや横浜の帽子工房で修行した初代が神戸に店を構えた当時は、外国領事館の夫人たちの御用達だった。同時にショーウィンドーに華美なデザインのハットを飾ったり、帽子のファッションショーを開催し、西洋からやってきた帽子文化を日本に根づかせていった。そして帽子文化の浸透に拍車をかけたのが映画『ローマの休日』で、主人公のアン王女を演じたオードリー・ヘップバーンの存在だった。様々な作品で華麗な帽子をかぶる彼女に憧れた女性がこぞってマキシンを訪れ、帽子を身につけて街を歩くことが大流行したそうだ。

高い技術で作られる洗練された帽子は瞬《また》く間に知れ渡り、全国から注文が殺到したが、どんなに多忙でも全ての工程を手作業で仕上げる姿勢は今日まで変わらない。工房はお客の声が製作現場にすぐ伝わるよう、本店の上階にある。生地を木型に馴染ませるための蒸気が音を立て上がる中、二十人ほどがひとりひとつの帽子と真摯《しんし》に向かい合う。作業場を取り囲む棚に収められた千を越える帽子の木型や、使い込まれた道具たちは深く味わいのある色をしている。それを見ただけで、重ねて来た年月と帽子作りへの心意気がひしひしと伝わってくる。

これまで皇室・航空会社の客室乗務員用・オリンピックや博覧会の制帽・普段着用まで多様な帽子を手がけてきた。どれもが見目麗《みめうるわ》しいデザインだが、なにより大切にしていることは、かぶる人の頭にしっくり馴染むこと。それから、いい帽子をかぶることで人の視線を意識するようになり、姿勢やしぐさも綺麗に正してくれる。帽子そのものの仕上がりはもちろんのこと、身につけた女性の姿が美しく見えるように心を込めて作っていると、職人のひとりが話してくれた。

取材後、ショールームで前つばの片側にリボンがついたストローハットに一目惚れして試着させてもらったが、軽く柔らかく心地よく、頭を包み込む感覚に驚いた。そうして恐る恐る鏡の中の自分を見てみたが、ずっと前からその帽子をかぶっていたような既視感を覚えるほどぴったりで、迷わず購入を決めて持ち帰った。その帽子は何十年も前のデザインというが、流行に左右されない、いつの時代にも調和する形をしている。この先、歳を重ねてもずっとかぶり続けたい。

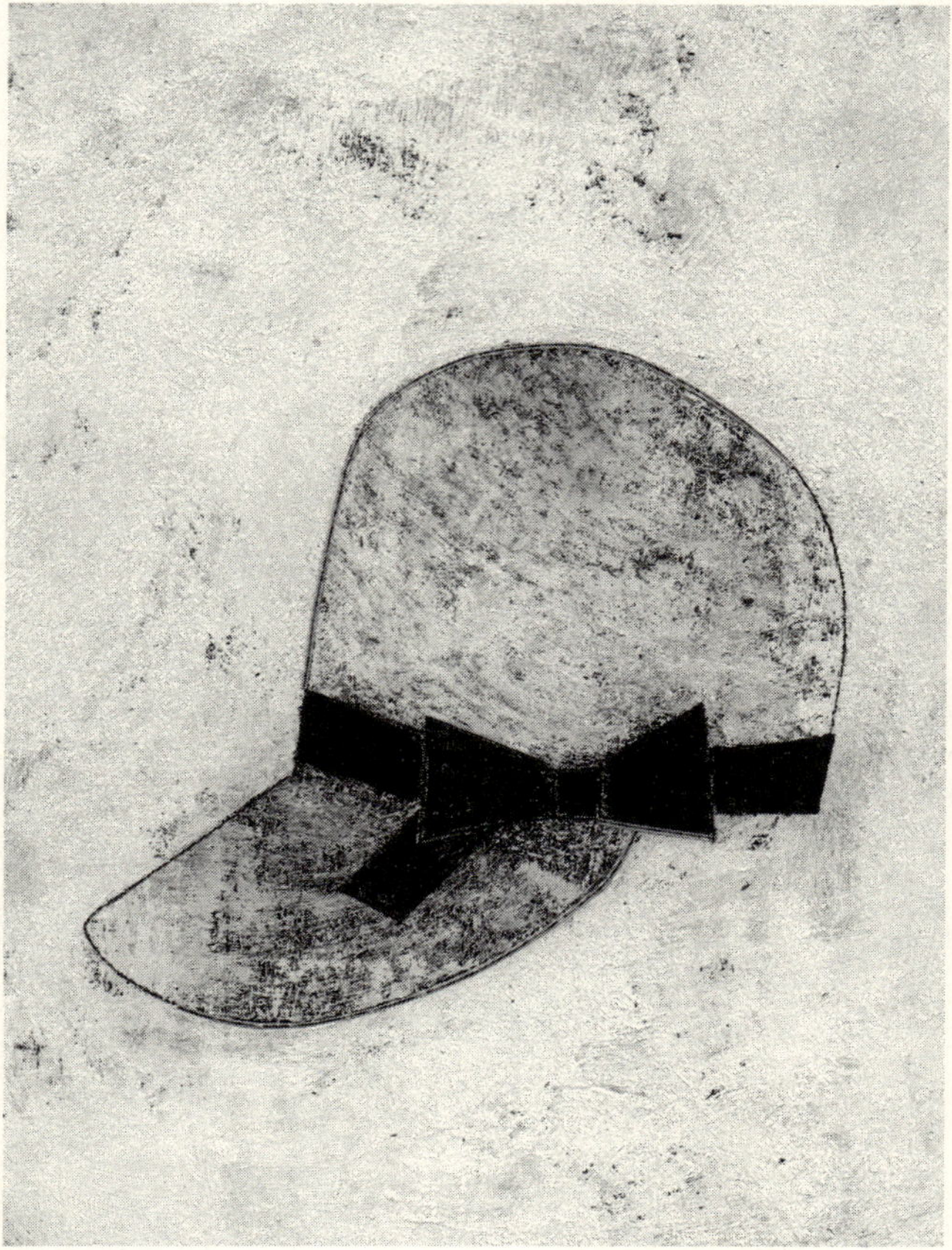

愛しのカバン

好きな本のひとつに『カロリーヌとおともだち』というフランスの絵本がある。主人公のカロリーヌは自分と同じ子どもながら、頭にスカーフを巻いてお洒落を楽しみ、犬や猫や熊やライオンの仲間たちとドライブに出かける。おひさまごうと名づけられた赤いオープンカーの荷台には、ベルトがついた大きな革のトランクが積んであって、その光景にずっと憧れていた。

外国のアニメや古い映画などを観ていると、その憧れのトランクとよく似たものが登場する。小学六年生のとき、修学旅行用にはじめて自分だけの旅行カバンを買ってもらえることになり、私はお気に入りの絵本を持ち出して「これと同じようなのがほしい」と母にねだった。けれども「随分と昔に流行った形のものだから、きっと静岡には売っていないと思うよ」と諭《さと》され、夢は叶えられないままときが過ぎた。

何年も思い続けてきた旅行カバンに出合えたのは、大阪の大学に進学してからのこと。毎月二十一日と二十二日に四天王寺《してんのうじ》で開催される骨董市《こっとういち》で、古本が無造作に放り込まれた大きなトランクを見つけたのだ。カロリーヌの絵本で見たものと全く同じというわけではないが、どっしり存在感のある革製に一目惚れした。値段を尋ねると一万円との答え。大学生には贅沢ではあったけれど、意を決して購入した。中は空っぽなのにあまりにも重く、何度も途中で立ち止まりながら両手で抱えて持ち帰った。

荷物はたくさん入るが、かなりの重量があるため実際の旅には向いていない。そこで横に倒してクロスを掛け、ひとり暮らしの家でテーブル代わりに使いはじめた。それから二十年経った今も、そのトランクはしっかり我が家の片隅にある。整頓前の本や旅先で買い込んだ雑貨を一時期的にしまう収納道具としての役目を果たし、憧れのカバンはもはや家具のような存在だ。

そう思って家の中を見渡してみると、他にも家具の一部のように部屋に馴染むカバンがいくつもある。カゴもカバンのうちと考えたら、さらに大層な数になる。台所の棚に並ぶ、素材も色も少しずつ違うカゴには、食料品・ふきん・手作りジャムを保存するための空き瓶・ゴミ袋などがしまわれている。

パリで買った麻ひもで編んだカゴは、ジャガイモなどの野菜入れとして冷蔵庫の横に吊るし、バリ島で見つけた植物の葉で編んだ筒状のカゴは、ひとつはゴミ箱に、もうひとつはマガジンラックとして活用している。

手頃な価格で気に入った形が見つかったときは、いくつか買い置きして贈り物にも役立てる。お菓子や茶葉や瓶詰めなどの食材を詰めて、全体を風呂敷サイズの大きな布で包み、口の部分をきゅっと結べば、カゴもプレゼントのひとつとして喜ばれる。お出かけやおつかい、雑貨や食品の収納、贈り物の包装にも活かせるカゴは、なんとも万能だ。

『カロリーヌとおともだち』を読んでカバンに憧れを持ちはじめたように、カゴ好きになったのも、子ぶたと子うさぎがバスケットを持ってピクニックに出かける『すてきなバスケット』という絵本がきっかけだ。絵本に描かれたバスケットとそっくりなものが子どもの頃、我が家にもあって、休日になると母に頼んで小ぶりのおにぎりやおやつを入れてもらい、庭でピクニック遊びを楽しんだ。

日本のお菓子の神様である田道間守命《たじまもりのみこと》を祀《まつ》った、兵庫県豊岡市の中嶋《なかしま》神社を訪ねる道中、思わぬ風景を目にした。見晴らしのいい川沿いの道を車で走っていると、豊岡鞄《かばん》団地と書かれた案内看板が視界に飛び込んできた。同行者である地元の人の説明によると、豊岡では千年以上昔の奈良時代から柳で編んだ柳行李が作られていたらしい。

荷物を運ぶための柳行李は日本のカバンの起源で、豊岡は大正時代にブランド化された豊岡鞄の一大生産地として知れ渡るようになったそうだ。豊岡鞄団地は日本で唯一のカバンに関連する企業を集めた工業団地で、市内にはカバンストリートと呼ばれる商店街や、行李鞄をかたどったお菓子もあるという。

今、日本で販売されているカバンは、デザインは日本で手がけていても、生産は中国をはじめとするアジアでおこなわれているものがほとんどだ。全ての行程を熟練した技術を持つ日本の職人が手がけた豊岡のカバンは頑丈で使い心地がよく、修理もしてもらえるので末永く使うことができる。

そういえば京都の老舗カバン店・一澤帆布《いちざわはんぷ》の工房を見学した際も「うちで作ったカバンは何十年前のものでも修理します」と言って、全国から届いた修理待ちのカバンの山を見せてもらった。私も一澤帆布のショルダーバッグを持っているが、使い込んで不具合が起きたときは修理に出せばいいのだと、ほっと安心感を得たのを思い出す。

豊岡では志賀直哉《しがなおや》の短編小説『城の崎《きのさき》にて』で名高い城崎温泉にも立ち寄ったが、地元の名産を集めたみやげ物屋を覗くと行李鞄も並んでいた。カロリーヌのトランクを思わせる素敵なカバンが目に入り手に取ろうと一歩前に進んだものの、易々と購入できる値段ではないことに気がつき、静かに手を引っ込めた。

しかし、作るのに非常に高い技術を要し、ひとつ仕上げるのに長い時間と手間を費やす行李鞄の職人の数は、だいぶ減っているそうで、それだけの価値にもうなずける。弁当箱用の小さなものをいつの日か迎え入れることができればと、思いを膨らませつつ豊岡をあとにした。

ときどき、待ち合わせの場所に、カバンを持たず手ぶらでふらりとやってくる人がいる。その身軽さや勇ましさを羨ましく感じることがあるが、私は家から一歩でも外に出るときは、カバンを持参しなければ安心できない。近所の喫茶店へ出かけるときは、手の平サイズの小さなカバンに、財布とともに文庫本を一冊忍ばせる。いつもの八百屋で買い物するときも、必ず使い慣れたエコバッグを持参する。

仕事・食事会・お祝いの席・山登り・古都の旅・海外旅行、その日の服装や目的に合わせてカバンを選ぶ時間は至福のひとときだ。いつも私にそっと寄り添ってくれる愛しのカバン、これからもひとつひとつ丁寧に手入れしながら、様々な場所へともに出かけたい。

しましまの思い出

もっとも影響を受けた映画は、シャルロット・ゲンズブール主演の『なまいきシャルロット』。一九八五年に制作された映画ではあるが、日本で公開されたのは一九八九年。そのとき私は、スクリーンの中のシャルロットと同じ、思春期真っただ中の十三歳だった。それまでもときどき、テレビや市立図書館のライブラリーで映画を観ていたけれど、どれも日本やアメリカの作品で、フランス映画に触れたのは『なまいきシャルロット』がはじめてだった。

フランス映画に対して、ゆったり優雅なイメージを抱いていたので、たびたび親しい者同士が言い争い、どこか不機嫌そうな表情をした登場人物が多いことにカルチャーショックを受けた。けれども、日本やアメリカの映画にはない、独特のけだるい空気に心を奪われたのも事実。海の底のもったりとした水の塊《かたまり》を掻《か》き分けて進むようなアンニュイな気配に魅了され、物語の中へぐっと引き込まれていった。

家族や同級生に馴染めず、反抗したり背伸びしながら、憧れを抱く同世代の少女との関係に一喜一憂するシャルロットの姿が、多感な時期を過ごしていた自分と重なり、親近感を覚えた。それればかりか、田舎暮らしから抜け出して都会で暮らしたいと思っていた私に、より一層のお洒落心が芽生えたのも、フランス文化に夢中になったのも、この作品がきっかけだった。

思春期の少女が同性へ憧れを抱いたとき、まず一番におこなうのが、髪型や服装を真似ること。シャルロットが映画の中で、スリムジーンズやミニスカートと、白地にロイヤルブルーのボーダーシャツを合わせていたため、同じ服装がしたいと毎日そのことばかり考えていた。

当時はまだインターネットもなく、田舎の中学生がファッションやカルチャーの情報を得る手立ては雑誌のみ。僅《わず》かなお小遣いでオリーブやエムシーシスターなどのファッション誌を求め、隅々まで読み込んだ。その結果、シャルロットが着ていたボーダーシャツはどうやら、一九三〇年にフランスのリヨンで誕生したマリンウェアブランド・オーシバルのものであると突き止めることができた。

古くからフランス海軍の御用達で、ピカソなどの著名人にも愛されたオーシバルのボーダーシャツ。裾にあしらわれたミツバチのマークも愛らしく、袖を通してみたい気持ちがどんどん昂まっていった。けれども私が暮らす田舎町で手に入れることはできず、たとえ別の土地で見つけたとしても、中学生の自分が買える値段ではないだろうと諦めていた。そんな限りある環境だったからなおのこと、シャルロットやボーダーシャツへの憧れは募《つの》り、いつか必ずやほしいものとして、心の中で輝き続けた。

高校生になった私は、鈍行列車で三時間ほどかけて、東京へ出かけるようになった。中学生の頃から仲のいい友達ふたりと、東京の映画館で開催されていたフランス映画祭へ赴《おもむ》いたその帰り道、雑誌を見て立ち寄った渋谷のセレクトショップでずっと片想いし続けていたボーダーシャツとようやく出合うことができた。

しかしそれは、シャルロットと同じロイヤルブルーのボーダーでも、オーシバルのものでもなく、〈made in France〉とだけ記された、白地に赤のボーダーシャツ。長いこと憧れていたオーシバルのものではないながら一目で気に入り、高校生の所持金でも購入できる手頃な値段だったこともあり、嬉しさで気持ちがはち切れそうになりながら家路に着いた。

あの日から数十年、そのときのボーダーシャツは、私が日常的に身につけている洋服の中で、もっとも長いつき合いになった。はじめての野外フェス、はじめてのフランス旅行、いくつもの大事なときに着用してきたが、まだまだ丈夫でくたびれることなく、長い間私に優しく寄り添い続けている。

もうひとつ、ずっと大切にしている洋服がある。よく似たデザインと色合いの二着のワンピースで、それらを私はふたごのワンピースと呼んで、大事に手入れしてきた。

家族みんなで母が若い頃のアルバムを見ていたとき、着ているワンピースが可愛らしいと話題にすると、もの持ちのいい母はそれらを処分せずに保管しているという。後日、宝探しをするようにこっそり母のクローゼットを開けてみた。そのとき見つけたのが、私がまだ生まれる前、新婚旅行へ出かけることになった母のために祖父がオーダーメイドで仕立ててくれたという、黄色や水色などいくつもの色が交互に配された縞模様のふたごのワンピース。一着は横縞で、もう一着は縦縞になるよう、対のデザインが施されている。

母が若い頃は量産された既製服を着る人は少なく、手作りしたり、自分で選んだ生地を体のサイズに合わせて好きな形に仕立ててもらうのが一般的だったと教えてもらった。

大学進学でひとり暮らしをはじめるとき、母からそのふたごのワンピースを譲り受けた。そうしてお気に入りのカフェやフランスの古着店やレコードショップに出かけるとき、遠き日の母の姿を思い浮かべながら、特別な気持ちで身に纏《まと》った。

今もときどきふたごのワンピースを着ることがあるが、身につけていると「どちらのブランドの服ですか?」とよく尋ねられる。「母が若い頃にオーダーメイドで作ったとても古い洋服なんです」と答えると、最近のデザインのようだと感心する人が多い。

細やかに手入れをしてよい状態を保っていることもあるが、なにより感じるのは、縞模様の普遍性だ。水玉やチェックにも通じるが、和服でも洋服でも、どちらにも合う古典的な柄は、流行と関係なくどんな時代でもモダンに見える。ハレでもケでも、あらゆる場面にすんなりと馴染み、長い間大切に着続けられる安定感がある。

赤いボーダーシャツやふたごのワンピースの他にも、家の中を見渡せば、あらゆる縞模様が生活に溶け込んでいる。キッチンマット・バスタオル・ブランケット・ベッドカバー・ハンカチ・器・アクセサリー。それでいてひとつひとつに大きな主張がなく、家中が縞模様だらけという印象が特にないのは、どんなものにも調和する証だ。

私が主宰するロルという雑貨ブランドでも、縞模様の包み紙を制作したことがある。イラストレーターの網中《あみなか》いづるさんに、白い紙に黄色い絵の具で、ボーダー柄を描いてもらったのだが、線だけで網中さんだとわかることに深く感心した。誰にでも描ける縞模様にもしっかり個性が出ることに気づき、無数に存在するボーダーシャツもブランドや着る人ごと、おのおの違って見えるのは当然なのだと腑に落ちた。

私も時代や流行に左右されない、自分にしかできない縞模様の着こなしができる人になりたい。そのためにも、三着の縞模様の宝物の服をずっと大事にしていこうと思う。

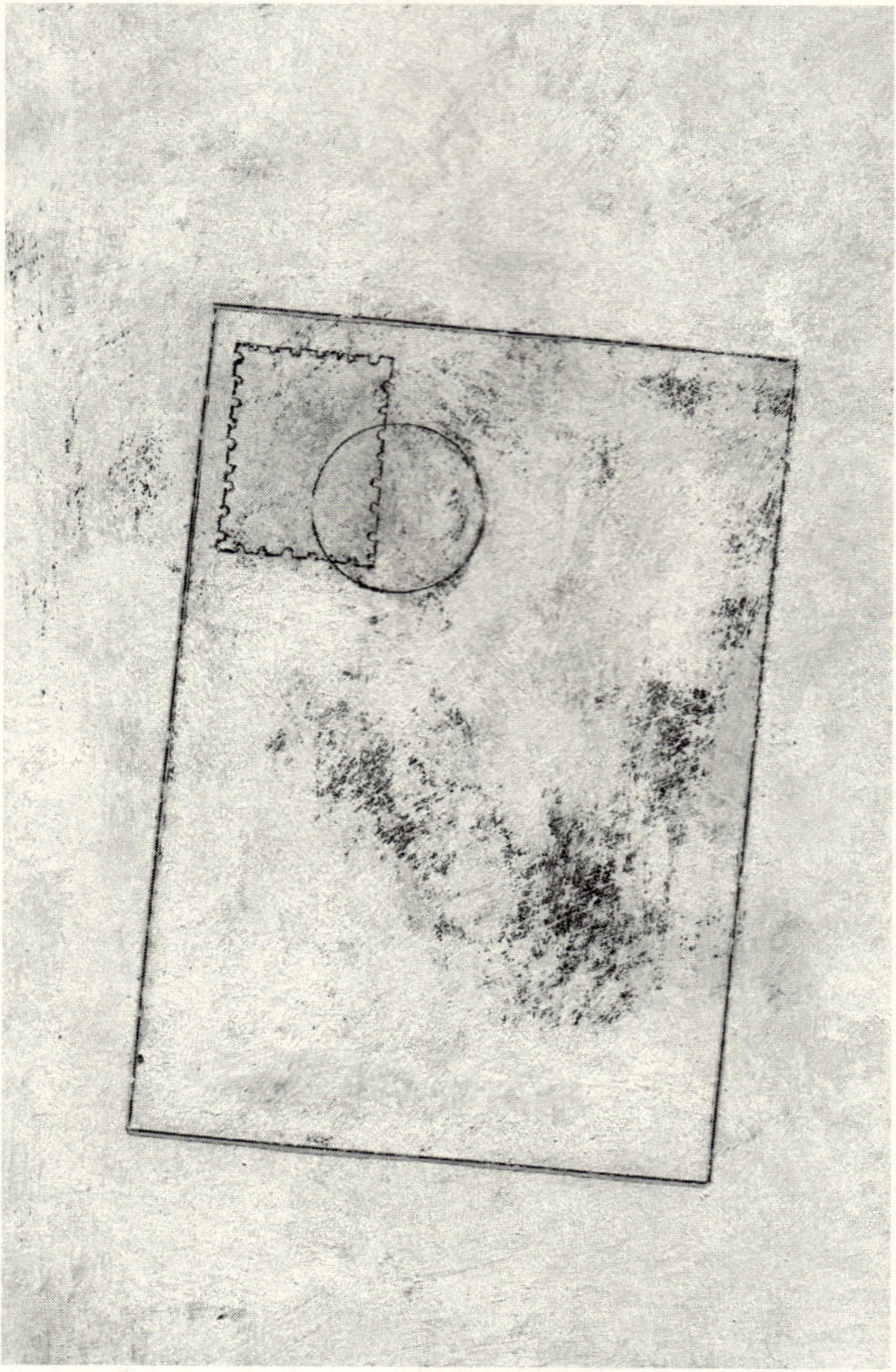

旅の中へ

旅に出る本当の理由

私が好きな歌の中に、人はなぜ旅に出るのか、その理由について歌ったものがいくつかある。聴くたび自分でもその理由を考えるし、隣にいる人に不意に尋ねてみると、ときに思いがけない答えが返ってくることがあって、それがとても面白い。日常生活から離れて自身を見つめ直すため。離れて暮らす人に会いに行くため。その土地でしか味わえないおいしいものを食べるため。人や風景の写真を撮るため。心身ともに日頃の疲れを癒《いや》すため。家族や恋人や友達との思い出づくりのため。人それぞれ、そのときどきで、様々な理由がある。予期せぬ出会いや思いがけない出来事があるのが楽しくて、だからこそまた旅に出たくなるという人もいた。

私は忙《せわ》しい毎日が続いたあと、心と体を休めるために、近場の温泉や寛げるホテルを目指すことが多い。ひと晩だけでも仕事を忘れてのんびり過ごせたら、また新たな心持ちで明日に向かうことができる。つまり旅は、よく働いたご褒美みたいな存在だ。

けれども本当は旅をするのに、具体的な理由など必要ないのかもしれない。たとえ、なんとなく出た旅だったとしても、日常から一歩先に踏み出す前と後とでは、大きな違いが確実にある。そのときは気がつかずとも何年か経ってから「あのときのあの旅は、こんな意味があったんだ」と思うことがしばしばある。

随分前だけれど、忘れられない旅がある。大学生の頃、仲よくしていた友達ふたりが、私と同じ時期に自動車の運転免許を取った。そのうち夏休みがはじまり時間を持て余すさなか、実家住まいのひとりに、家族から車を借りるのでどこか旅に出ようと誘われた。二泊三日と期間だけは定めて、行き先は風まかせ。泊まる宿も辿り着いた土地で決めることにして、海がある南の方角へゆっくり車を走らせた。

三人が仲よくなったのは、映画や音楽の好みが同じことがきっかけだった。ひと昔前のフランス映画の世界に憧れていた私たちは、いくら話しても話題が尽きず、すぐに打ち解けて映画館や音楽イベントに一緒に足を運んだ。

共通する趣味を持つ私たちが出発前にしたことは、詳細な行き先の相談ではなく、互いの洋服を選んだり、車の中で流す音楽をカセットテープにまとめること。荷台には、つばの広い麦わら帽子やピクニックバスケット、履き替える靴まで詰め込み、パーティーへ向かうかのように賑やかだ。ブリジット・バルドー、アンナ・カリーナ、ジェーン・バーキン、フランス映画に登場する洗練された魅力的な女優の姿をお手本にして、ボーダーシャツにサングラス、髪にはスカーフを巻きつけた。

普段の暮らしの中では照れくさいような古典的なお洒落も、旅先では解放的な気分になり抵抗なくできてしまう。服装も生活も性格も、こうありたいと思う理想像があっても、いつもは自身に対して遠慮したり歯止めをかけていたことに、旅に出てはじめて気づかされた。

出発して数時間、道路の案内板に書かれたある地名を見つけ、三人同時に「ここに行こう！」と声を上げた。そこは多くの映画の舞台にもなった、海辺の静かな町。観光客もまばらで、目の前にはスクリーンで見たのと同じ、穏やかな風景が広がっていた。運転に都合のいいスニーカーから、夏の旅の正装のつもりでサンダルに履き替え、海沿いの長閑《のどか》な通りを軽い足取りで歩く。

通りかかった素朴で雰囲気のいい宿のご主人に声をかけると、偶然にもそこは映画のロケにやってくるスタッフたちの常宿だという。部屋もお風呂もテレビも扇風機も、なにもかも古めかしく色褪せていたけれど、田舎の祖父母の家のようで心地よかった。

あのときの友達の笑顔も、着ていた服も、食べたものも、海辺の町の景色も、宿の部屋も、くっきりと記憶に刻まれている。思えばあの旅で私たちが得たものは、私は自分の人生の主人公であるという実感だった。なんでもない自分の、なんでもない時間でも、確かに物語は存在していた。

それまで主人公というものは、憧れの映画や小説の世界にしか実在しないと思い込んでいた。けれどあのとき旅に出て、なりたい自分として過ごせたことで、これからはもっと日常的に、自分の人生の主人公は自分しかいないと感じられる、旅する機会を作ろうと思うようになった。

私の部屋のクローゼットには、旅色に染まった一角がある。ワンピース・カバン・靴・アクセサリー・携帯用のキャンドル・ミニスピーカー・ルームシューズなど、旅先で使うことを前提に選んだものが並んでいる。いつもより開放的になれるものや、品のよさを意識した、普段はなかなか手が出ないけれど一度は身につけてみたいと憧れた品々だ。

観光というより、その土地に滞在して、心も体も存分に緩《ゆる》める旅のひとときを想像しながらクローゼットを開く。そのたびにまぶしい太陽の下でひたすら空や海を眺めたり、うたた寝しながら本を読んで過ごす理想の旅の多幸感がこぼれ落ち、ふわっと気持ちが舞い上がる。

旅は、こんなふうに生きてみたいという憧れや願望を、無理なく叶えられる時間であり、自分らしさや人生の楽しみを生き生きと感じるよりどころだ。これこそが、私が旅に出る本当の理由なのだろう。

スーパーは生きた民芸館

いつもと違う景色、いつもと違う言葉、いつもと違う味。繰り返される毎日から離れて、旅先で新たななにかに出合うたび世界は少しずつ広がり、まるみを帯びる。自分にとっての当たり前をひととき忘れて、土地土地の文化や慣《なら》わしに身を委《ゆだ》ねると、ありふれた日常までも鮮やかな色彩を帯び、まぶしく見えてくる。

未知なるものを識ることで、見えなかったものがくっきりと目の前に現れる。それまで胸にかかっていた靄《もや》がパッと晴れ、蒼蒼《そうそう》と澄み渡る空のような心の内へ、見て聞いて味わって感銘を受けたあれもこれもが、ぐんぐんと吸い込まれていくのがわかる。そうして旅から日常に戻ったとき、いつもと同じ景色、いつもと同じ言葉、いつもと同じ味を、よりいっそう愛おしく感じるのだ。

幼い頃、旅先でなにより楽しみにしていたのは、誰もが知る有名な観光名所や遊園地で、心ゆくまではしゃいで過ごすこと。子どもらしく駆け回り、頭を悩ませながらお小遣いで遊び道具を求めるのが幸せだった。それがいつしか親元を離れ、仕事を持ち、自分の生活を営むようになってから、旅先での過ごし方や興味の対象に変化がもたらされた。いろいろな土地で営まれる、多様な暮らしに触れてみたくて、地域色が強い場所に惹《ひ》かれるようになった。観光地とは異なる土地土地の魅力を掘り下げたいという気持ちが溢れるようになっていったのだ。

たとえ心身を休めることが目的の旅でも、真新しい光の粒が降り注ぐ朝は、できるだけ早起きをする。理由はその土地ごとの市場へ出向くため。ここ最近は、市場まで徒歩で行けるかどうかを考慮して宿を選ぶほどだ。ちょっと調べると、日本でも海外でも、田舎でも都会でも、大小の違いはあるけれど様々な場所で朝市や日曜市が開催されている。

鮮魚や野菜や日用品を扱う常設市場では、朝の活気がひときわ清々しい。威勢のいい売り子の声につられて、いつの間にか自分までお腹の底から声を出すうちに、みるみる力が湧いてくる。海外では見たこともない鮮やかな色の野菜や果物が山積みになっている光景に出合うと、言葉が通じなくても身振り手振りを交え、甘いか酸っぱいか、どんなふうに食べるのかを教えてもらう。皮をむくだけで簡単に食べられるものは少しだけ分けてもらい、その場で味見することもあるが、太陽の下で瑞々しい香りと食感を得たあとは心も体も豊かに潤う。

その土地の朗らかな言葉を聞きながら、地域ならではの食材をあれこれ求めたあとは、待ちに待った朝食の時間だ。公園にテントがずらりと並んだ市場には、いつか自分の店を持ちたいと夢見る人や、自慢の味を披露する人など、プロの卵たちが出店している。ときに流行のカフェやデリが屋台を出しているのかと感心するほど陳列や盛りつけに凝った、パッケージまで見目がいいとびきりおいしい味に出合うことがあって、そんなときはぴかぴかの原石を見つけたような嬉しさが込み上げる。

市場で求めたパンや惣菜やコーヒーや甘いものを、公園の芝生の上にハンカチを敷いて広げ、ピクニック気分で味わう。お腹いっぱい朝食を頬張《ほおば》り、すっかりお腹が満たされたあとのお決まりは、地元のスーパーマーケット巡り。外国語が読めず、どうやって食べたらいいのかわからない食品を、ラベルの絵や写真を頼りに想像しながらする買い物は、なかなかスリリングではあるが、同時にとても楽しい。

日用品売り場では、日本では見かけない色や模様のナプキン、サンドイッチボックスやエコバッグなどを買い込み、それをおみやげにすることもある。お馴染みのジップロックも、外国語のパッケージが新鮮に目に映り、日本でも買えるのについ求めてしまう。しかしこれが意外にも、実用性を兼ね備えた密かに喜ばれるおみやげの代表格だ。

そんな中でも私が特に好きでたまらないのが、紙コップとワックスペーパー。水玉・ストライプ・バラの花など、普遍的な図案でも、日用品にまでお国柄が滲《にじ》み出ているのが面白い。帰国後、友人たちと食事会を催すとき、スーパーマーケットで揃えた簡易食器でもてなすことがあるが、まるで海外にいるようだと好評を得られる。日本では無地が多いワックスペーパーも、海外には愛らしいものが多く、ちょっとしたプレゼントの包装にも活用している。

旅先のスーパーマーケットは私にとって、生きた民芸館のよう。その国その土地の、いつもの食や日用品を手軽に手に入れることができるのだから。そこで求める全てのものに共通しているのは、見た目も価格も素朴であること。けれどもみな内側に、平穏な輝きを包有している。幼い頃、無邪気に遊園地を駆け回ったときと同じときめきを覚える場所だ。

ICE CREAM
CANDY APPLE
POPCORN
COTTON CANDY
POP CORN
WILLIAMS CANDY
Friendship
DAIRIES
Natural
SOUR
CREAM
NET WT 16 OZ
(1 LB) 453g
Tofutti
MILK FREE
NO BUTTERFAT
Made with milk from our
pasture-raised
cows
Ricotta

Scones & Salt Breads.
Our breads is really fresh. When you put the jam and butte
with this bread. Its much better delicious at time!
No. 1 Plain Scone
No 1 Layered Signature Scone

パリのかけら

中学二年生の頃、『なまいきシャルロット』というシャルロット・ゲンズブール主演の映画を観て、フランスの音楽や映画への傾倒がはじまった。

高校生になり、雑誌・オリーブからその言葉を覚えた、フランスの女学生風リセエンヌファッションで身を固めるため、コツコツとお小遣いを貯めるようになった。長い休みには、私と同じくオリーブをバイブルにしている友達と連れ立って静岡から上京し、渋谷と原宿を行ったり来たりした。映画の中のシャルロットと同じようなボーダーシャツを見つけたときは、友達と一緒に手をたたいて歓喜した。当時はまだインターネットもなく、田舎の女子高生の情報源はごく限られていた。ふりかえればささやかなフランスかぶれだったけれど、異なる国への憧れは、その後も未知の文化や芸術を吸収していく上で糧《かて》となった。

仕事をはじめて何年か経ち、年上の友人から海外旅行に誘われた。フランスかぶれだった青春時代から、はじめての海外旅行はパリがいいと思っていたが、私がそう伝える前に「あなたと行くならやっぱりパリね」と、すでに行き先は決まっていた。

滞在したのはフランス菓子の名店が並ぶ地下鉄リュー・デュ・バック駅から歩いて数分、愛想のいいお姉さんがフロントに立つ、小さなホテルの小さな部屋。映画『アメリ』の主人公のベッドルームを思わせる赤い壁に、黄色い光の照明と水色のベッドカバー。室内の色合いばかりか、リボンのマークがデザインされた、個包装の石鹸やシャンプーまで愛らしい。滞在日数分がバスルームにどさっと置いてあったので、使わずに持ち帰っておみやげにしたところ、大好評を得られた。「ホテルの石鹸やシャンプーをおみやげにするだなんて」私の母が知ったら、きっとこんなふうに呆れることだろう。けれども、私自身それまで自分がもらったフランスみやげで気持ちが昂《たかぶ》ったのが、カフェの砂糖・ホテルのマッチ・ショップカード・店のチラシ・美術館のパンフレットなど、いわばそのもの自体に値段がつかない街のかけらを集めたセットだ。観光用に作られたわざとらしさがなく、そこに暮らす人々が当たり前に手にするような、街に根づくものがなにより嬉しかった。

おみやげを選ぶのが苦手だと相談を受けることあるが、どの人にどれくらいの予算でなにを選ぼうかと、こと細かに計算するうちは、私も人のための買い物が不得手だった。誰かのためにと無理に考えず、まず自分がほしいものを探して、それが手頃な値段だったらおみやげとしても役立つように、多めに求める。自然とそうできるようになって、旅先での楽しみが随分と増えた。

帰国後、友達との食事会でお菓子・玩具・日用雑貨・アメニティ・ショップバッグなど、パリの旅のかけらをテーブルの上にあれこれ並べて「どれがいい？」と、ひとりずつ自分が好きなものをおみやげとして選んでもらうことにした。すると、いくつかの手が一斉に伸びたのが、古い記念切手と、手芸用品の問屋街で見つけたチロリアンテープタイプのリボンだった。切手やリボンのような、ちんまりとして愛らしいパリを感じられるものに心が踊り、オリーブに憧れた少女時代の気持ちがよみがえったのは私だけではなかったようだ。

この夏に海を渡る友達から連絡があり、おみやげはなにがいいかと尋ねられた。そこでお願いしたのが現地の新聞、スーパーに並ぶ家庭用のビニール袋と封筒、それから荷造り紐《ひも》。それらは安価でかさばらず、なにより互いに気負わずに済む。彼女から届いた異国の新聞と紐を使い、旅先で見つけたささやかだけれど愛らしいものを包装して、私もまた違う誰かに贈るのだろう。いくつもの旅のかけらが、こうしてリレーされていくことを想像するのが、私の密やかな楽しみだ。

クラシックホテルの気配

あちらこちら、日本中を旅している。行き先の決め手となるのは、行ってみたい菓子店や喫茶店があるか、それに泊まりたい宿があるかということだ。特に宿は肝心で、できればその土地一番の老舗に泊まりたい。

日本のホテル黎明《れいめい》期に創業し、西洋のホテル文化を日本人に広めたクラシックホテルや、外観ばかりか部屋や風呂の造りにまで目を見張る建物が文化財に指定されている宿には、文豪が滞在したとか、映画の撮影に使用されたとか、様々な逸話がつきものだ。私は便利で機能的であること以上に、その宿が歩んできた歴史や秘めたる物語を愛おしく思い、なによりその部分に心惹かれる。

日光金谷《かなや》ホテル・軽井沢万平《まんぺい》ホテル・富士屋ホテル・ホテルニューグランド・川奈ホテル・蒲郡《がまごおり》クラシックホテル・奈良ホテル・赤倉《あかくら》観光ホテル・雲仙《うんぜん》観光ホ

テル・山の上ホテル・東京ステーションホテル。クラシックホテルで過ごす、ただそれだけを目的にその土地へ向かうことがある。静謐《せいひつ》で典雅《てんが》で、甘美な時間が流れる館内で、お茶をして、手紙を書き、本を読んで、静かに眠る。普段の暮らしではありふれたことも、とてつもなく贅沢に感じられる。

レターセットや絵葉書やマッチ、部屋から持ち帰っていいものは、自分自身の日常へのみやげにとカバンの中に収める。ランドリーバッグや灰皿などの備品で、気に入った意匠があれば、フロントに電話をかけて購入させてもらえないかと願い出る。クッキー缶やエコバッグなど、売店でしか手に入らないオリジナルのみやげを求めるのも、いつも楽しみにしているささやかなひとときだ。

こんなふうにして家に持ち帰ったクラシックホテルの様々なものが、私の部屋には溢れている。旅をしたい気持ちがむくむくと沸き起こったときに目が合うと、僅かに旅情が満たされるが、その実《じつ》にはかなわない。ホテルの気配が潜む文房具や日用品に触れながら、またいつか再訪する日を思い描く。

HILLTOP HOTEL
山の上ホテル

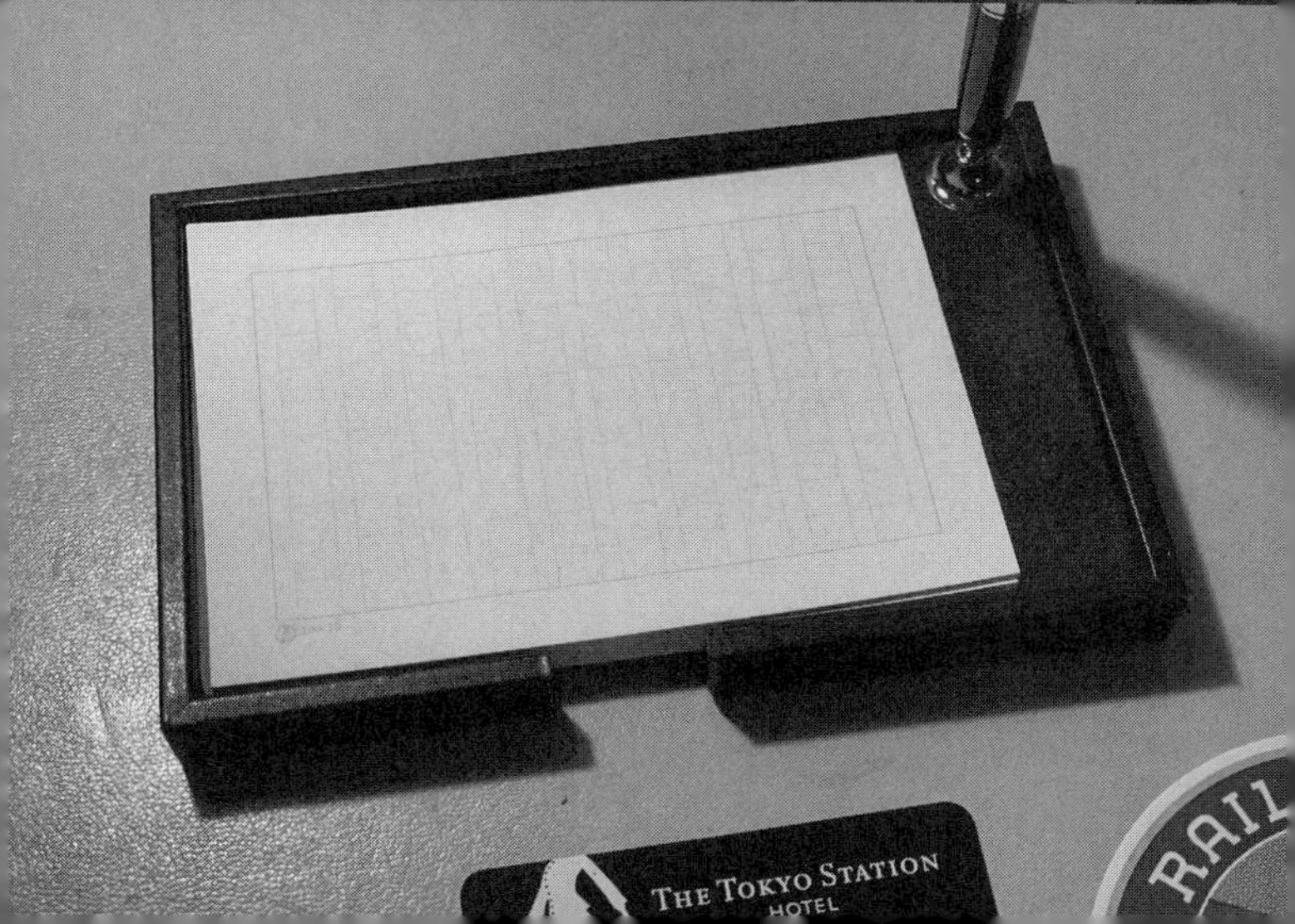
THE TOKYO STATION
HOTEL

日本橋散歩

「みのりさんは諦めることを知らないね。諦めることができたら、もっと楽に生きられるのに」

二十代の頃、親しくしていた方からこう言われ、目から鱗が落ちた。学校では最後まで諦めずに頑張ろうというスローガンが当たり前に掲げられ、どんなに苦手なことでも努力をしてやり遂げることが美徳とされてきたからだ。

大阪にある芸術大学の文芸学科に通っていた私は、大学三年生の冬を迎え、将来に対して大きな不安を抱えていた。この時期から就職活動をはじめ、卒業までに志望する会社から内定をもらうために努力するのが普通なのだろう。しかしながら私は、文章を書くことを仕事にしたいという漠然とした目標を持ちながらも、それを叶えるためにはどうすればいいのか皆目見当がつかず、ただ悶々《もんもん》と悩むだけの日々を過ごしていた。

　大学卒業後、私は一年間だけ京都にあるカルチャースクールに通うことを決めた。その間にアルバイトをしながら、文章を生業とするための道筋を見つけようと考えたのだった。

　五里霧中ではあるけれど、フリーペーパーに文章を寄稿したり、自ら企画した雑貨を書店やレコードショップで販売してもらったりと、私は夢に向かって歩みはじめた。

　それらを仕事として早く軌道に乗せなければと気負うあまり、全力で体当たりしては砕け散ることを繰り返し、なにかとくよくよしていた。経験不足ゆえの要領の悪さが一因であるが、苦しくても不向きでも傷ついても、目の前にあるもの全てにしがみついていかねばと、意固地《いこじ》になっていた。

　そんな私を見兼ねた友人がかけてくれたのが冒頭の言葉だった。諦めることは弱さでなく、諦めないことが強さでもない。強さをもって諦めることもあれば、心の弱さから諦められないこともある。それに気づいたことで、私の世界は一変した。楽に生きる選択ができるようになったのだ。

もちろんそれは、楽をして生きることは全く違う。今でも諦めないこともたくさんある。たとえ苦手なことでも、できる限りそれを乗り越える努力もするし、本当に大切なことならば歯を食いしばってしがみつく。

けれども、違和感を覚えたときや、軋轢《あつれき》が生じてしまいそうなときは、苦しい気持ちが深まる前にできるだけ早く、執着せずに諦めて手放す。それができるようになったことで、随分と気持ちが楽になった。

そんなふうに考え方が大きく変化した若き頃をふと思い出したのは、少し前に心に靄《もや》がかかる出来事があったからだ。くよくよと考えを巡らせて、ずっと晴れない気持ちを抱えたまま部屋の中で一日を過ごしてしまった。

翌日、悩むより町へ出ようと思い立ち私は向かった場所は、数ヶ月前から訪れたいとその機会をうかがっていた東京・日本橋。江戸時代には五街道（東海道・中山道《なかせんどう》・日光街道・奥州《おうしゅう》街道・甲州《こうしゅう》街道）の起点として定められた交通の要所で、歌川広重《うたがわひろしげ》の浮世絵・東海道五十三次の巻頭に描かれた「日本橋 朝之景」を一度は目にしたことがあるだろう。

日本橋駅を降り、最初に目指したのは兜町《かぶとちょう》界隈。二〇二四年に発行された新しい一万円札の顔で、NHKの大河ドラマで主人公としてその生涯が描かれた実業家・渋沢栄一所縁《ゆかり》の地でもある。渋沢は三、四十代の頃、兜町に住居を構え、ここで銀行・保険会社・証券会社など五百を超える会社の設立に携わった。後に渋沢が「日本の資本主義の父」と呼ばれる由縁《ゆえん》となった土地だ。

現在もところどころに、昭和初期に建てられたレトロな建築物が残されている。歴史ある貴重な建物のいくつかはリノベーションを経て、洗練されたホテルや店舗に生まれ変わり、今も老若男女で賑わっていた。

兜町の近くには密かに人気となっている小網《こあみ》神社がある。関東大震災と東京大空襲の二度の大火を免れ、そしてこの神社の氏子だった出征兵が全員無事に帰還できたことから、強運厄除けの神と呼ばれている。

境内には銭洗《ぜにあらい》の井があり、東京銭洗弁天《べんてん》の愛称でも知られている。ここでお金を洗い清めて財布に入れておくと、それが種銭《たねせん》になって財運を授かるそうだ。私も手持ちの小銭を心を込めて清め、大切に財布にしまった。

古くは交通の要所、そして金融の街として栄えた日本橋界隈は、続々と新しい複合商業施設や飲食店、ホテルなどが誕生し、今や最先端の文化を発信する街へとすっかりそのイメージが塗り替えられた。

日本橋の上空にかかる首都高速道路は、最初の東京オリンピックを翌年に控えた一九六三年に完成した。現在、歌川広重の浮世絵に見られたような大空を日本橋に取り戻そうと、首都高速道路を地下化する計画が進んでいるそうだ。それが実現する頃には、再びこの街は大きく変化していることだろう。

東京で暮らしながら、なかなか足を運ぶ機会がなかったこの界隈をようやくゆっくり訪れ、行きたかったお店を一気に巡り、食べたかったものを躊躇《ちゅうちょ》することなく思いきり食べた。

劇作家・寺山修司の名著『書を捨てよ、町へ出よう』になぞらえるのなら、この日の日本橋散歩は「こだわりを捨てよ、町へ出よう」といったところであろう。歩いて、食べて、さまざまな景色に触れるうちに、いつも通りの呼吸を取り戻すことができたのだった。

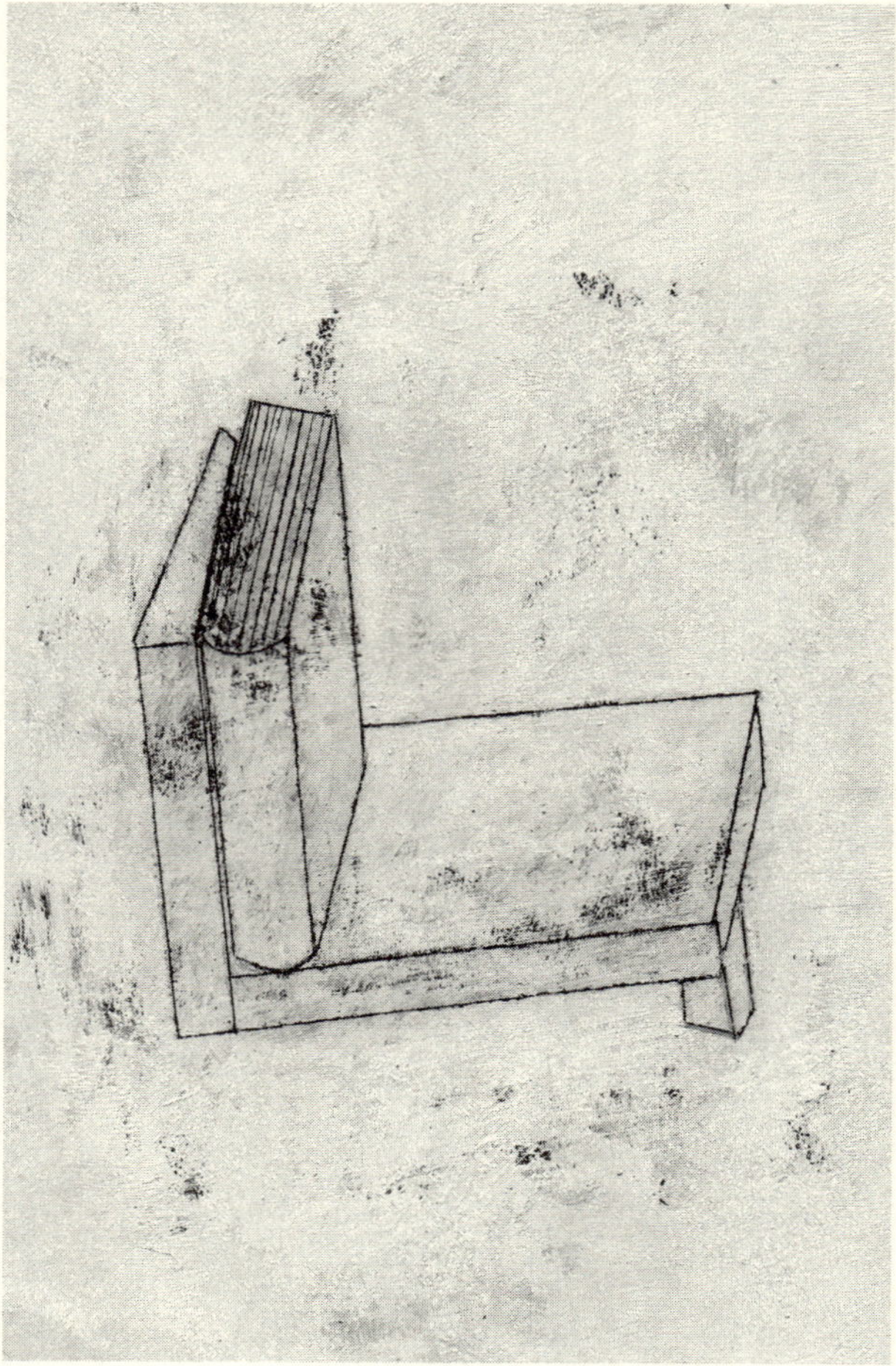

古本のある生活

本棚は私の部屋

どすんと床に座り込んで泣きじゃくっても、絶対に首を縦に振ってはくれない。本だけは惜しみなく与えたいという例外を除き、ほしいものは稼げるようになったらいくらでも自分で買えばいいというのが両親の考えで、父も母も頑《かたく》なだった。だから私は早く大人になりたかった。

姉妹ふたり仲よく育つだろうと、家を建てるときあえてひとつにしたという子ども部屋も、自立への憧れが大きくなるきっかけになった。思春期が訪れ、姉も私も自分の部屋がほしいと騒ぎ立てたが、その願いは聞き入られなかったからだ。

その代わりに父は、ここなら自由に使っていいと、居間の片隅にある扉がついた本棚をひとつ空けてくれた。その本棚こそ、私がはじめて得た自分だけの部屋だった。好きな本・日記帳・手紙・大切な宝物をしまい込み、家にいるときのほとんどを本棚の前に座って過ごした。

東京で働き出した当初、僅かな稼ぎを費やしたのはやはり本で、なによりの喜びは古本屋で好みの本を掘り出すことだった。百号ごと〇世紀と区分される『暮しの手帖』の一・二世紀を祖母から譲り受けたのも、暮しの手帖社が運営する生活道具の通信販売店・グリーンショップをはじめて利用したのも、ちょうど同じ頃。注文したのは『暮しの手帖』巻末で紹介していた小さな本立て。まだネットでの買い物が一般的ではなくファックスで注文したところ、達筆な在庫確認の返信が届き感心した。

少しの隙間があれば十冊ほどは文庫本を並べられる小さな本立ては昭和二十八年のデザインというが、今見ても新鮮な形で、薄い本一冊でも倒れないよう緩やかに傾いた姿が、どこか首をかしげて考えごとをしているようで、目に触れるたび心が和む。読みかけの文庫本と一緒に、鍵のついたぽってり厚い本型の箱を置いてみると、小さいながらもなかなかに堂々とした空間ができた。本棚が大切な宝物のありかなのは、子どもの頃からずっと変わっていない。

少女漫画が教えてくれたこと

お姫様やメルヘンの世界が描かれた絵本や塗り絵から卒業したのは、もっと現実に未来の自分を投影できる恋物語を知ってからだ。女の子は小学三年生くらいになると、姉や友達から教えてもらった少女漫画を読むようになり、はじめて恋愛の実情に触れる。そして異性への意識を高め、子どもから少女へ歩み寄る。ロマンチックで詩的な語彙《ごい》。素《す》っ頓狂《とんきょう》な題名。対立していた男女が、思いがけない展開で惹かれ合いハッピーエンドを迎える、お決まりともいえる筋書き。昭和の少女漫画には、文学の世界にはあり得ない、とびきり独創的な物語があった。

少女漫画を通じて、恋とはこんなものかしらと散々学習したつもりだったけれど、これまでそれらを活かす場面に一度も出会ったことはない。けれども、恋に恋する少女たちの憧憬が、少女漫画には詰まっている。

ラストタンゴ
SHOGAKUKAN BUNKO
トーマの心臓
萩尾 望都
SHOGAKUKAN BUNKO
11月のギムナジウム
―ロマン短編集―
萩尾 望都
SHOGAKUKAN BUNKO
遙かなり夢のかなた
SHOGAKUKAN BUNKO
nakayosi
キャンディ キャンディ 1
原作/水木杏子 いがらしゆみこ
nakayosi
キャンディ キャンディ 2
nakayosi
キャンディ キャンディ
原作/水木杏子 いがらしゆみこ
nakayosi
まみむめ見太郎
大島弓子
Heroine Book
綿の国星 ケーキの本
チビ猫のオリジナルお菓子ランド
大島弓子 今田美奈子
SEVENTEEN COMICS
バナナブレッドのプディング
大島弓子
1 大島弓子
いちご物語

美しい日本語

私の少女漫画好きは、明らかに姉の影響である。まだ漢字もろくに読めない頃から、姉が買ってきた漫画の絵を眺めたり、ひらがなの部分だけを拾い読みしていた。

少女漫画はたいてい恋愛が題材の核と決まっている。小学校低学年の頃は恋愛なんてさっぱりわからなかったから、描かれている女の子たちの洋服や髪型、ファッションを夢中になって追いかけていた。

地元の百貨店で古書市が催されると、祖母は姉と私に一冊ずつ漫画の単行本を買ってくれた。数ある中から一冊を選び出す作業は、子どもにとっては大仕事であった。毎度、姉妹で真剣に相談しながら、一時間ほどかけて慎重に選んでいた。

買ってもらった漫画を姉と交換しながら、繰り返し読んだ。台詞《せりふ》を覚えてしまうほど読み込み、カバーが破れたらテープで補修して大切に何度も読んだ。漫画の単行本が私たち姉妹の一番の宝物だったことは疑う余地もない。

大学生になり、半年ぶりに実家に帰省したときのこと、ずっと捨てられずに本棚の奥にしまっておいた漫画が、母親によって処分された事実を知った。かなりボロボロになっていたので、傍《はた》から見ればゴミにしか見えなかったのかもしれない。処分されたのも仕方がないと思いながらも、私はかなりのショックを受けた。

唯一の救いは、一番大事にしていた『キャンディ・キャンディ』全九巻だけはそのまま残されていたことだ。カバーをなくしてしまった第四巻は、本に包装紙をはりつけて油性ペンで『キャンディ・キャンディ』と姉にタイトルを書き込んでもらった。今も当時の姿のまま、実家の本棚で眠っている。

未だに一九七〇年代から八〇年代前半の少女漫画を好んで集めているが、それには理由がある。子どもの頃は女の子たちのきらびやかな姿に憧れていたけれど、大人になった今は、作中で登場人物が発する美しい言葉や綺麗な表現に惹かれ、文章を記す際にときどき参考にしている。

年を重ねるにつれて、綺麗な日本語を使える人になりたいという思いが募っていった。一時期は昭和の漫画や小説のみならず、古い映画や昭和の女性作家たちのインタビュー映像を見ては、美しい日本語を勉強していたこともある。

それだけでなく、ここのところ立て続けに美しい日本語を話す素敵な人と接する機会に恵まれている。先達たちが話す流麗《りゅうれい》な言葉をよく噛みしめながら、私もいつか正しい日本を話せるようになりたいと願うのであった。昭和の時代の美しい日本語に、どうしようもなく惹かれてしまうのはやはり、幼い頃、夢中になって読んだ少女漫画の影響なのかもしれない。

炎の中に浮かぶ憧れ

眠る前、母に幾度となく読み聞かせてもらった絵本のひとつに、アンデルセン童話の『マッチ売りの少女』があった。まだ悲哀という言葉も、その感情も知るはずもないほど幼かった私は、主人公の少女に憐憫《れんびん》の情を抱くより、ひと擦りするごとに憧憬を覚える品々が炎の中に浮かび上がり、少女に幸せな夢を見させた魔法の道具であるマッチに魅了された。

以来、私にとってマッチはファンタジーの端緒《たんしょ》のような存在で、憧れの象徴となった。マッチ棒の先で炎が燃えている僅かな間だけ、願いごとを唱えればその想いが叶うのだ。マッチ箱の中には無限の世界が広がっている。そんな夢想を、ベッドの中で無邪気に繰り返していた。

夢見る頃を過ぎた今も、それは変わらない。喫茶店やホテルなどで、美しい文字や絵が描かれたマッチ箱を見つけると、必ず手に取り、手の平に載せる。その瞬間、情操《じょうそう》や想像力が掻き立てられ、あの頃のように、ロマンチックな空想に耽《ふけ》ってしまう。

放課後の教科書

未知なるなにかを欲していたけれど、その正体を探る術《すべ》さえわからず、いつも苛立《いらだ》っていた十三歳の頃。

部活帰りに本屋の雑誌売り場でオリーブを手にしたその瞬間から、私のものの見方は一変した。そこに詰まっていた、洗練された音楽や映画、独創的な愛らしさを放つファッションや雑貨、東京・パリ・ロンドンなどから発信される都会的な情報が、広い世界へ連れ出してくれたからだ。

オリーブは、都会への憧れを募らせ、趣味を同じくする仲間を渇望《かつぼう》しながら、静岡の片田舎で中学生活を送っていた私の放課後の教科書であり、話し相手のような存在だった。そしてオリーブという共通言語のおかげで、心から許し合える友人たちとも出会うことができた。

二〇〇三年に休刊したあとも、オリーブは一九八〇～九〇年代の少女文化を象徴する言葉として、形なき形を残している。曖昧《あいまい》で不機嫌で、でもひたむきにお洒落や文化を探求していた、子どもでも大人でもない少女たちの化身として。

心の内に揺らめく、オリーブ少女だった私という意識は、少女時代の無形遺産だ。

やさしいことはつよいのよ

仕事をはじめたばかりの二十代の頃、やることなすこと全てがうまくいかず、落ち込むばかりの辛い日々を過ごしていた。疲れきった身体でも、一日の終わりに楽しみにしていたのが眠る前の読書の時間。休みの日に古本屋で求めた本を少しずつ読み進めると、明日への力を蓄えることができた。

「やさしくね、やさしくね。やさしいことはつよいのよ」

日本ではじめての体が不自由な子どもたちのための療護《りようご》施設・ねむの木学園を創設した俳優・歌手の宮城《みやぎ》まり子さんの言葉だ。園長ではなく母として学園生に接するまり子さんが子どもたちとの間に掲げたこの合言葉は、折に触れ著書に登場する。はじめてこの言葉に触れたのが、毎晩の読書だけが楽しみだった、これから先を不安に感じていたときだった。

幼い頃、悲しかったり悔しかったり、思い通りにいかないことがあると「大丈夫、大丈夫。大事なのはどんなときも優しい気持ちでいること」と体も心もぎゅっと包み込んでくれた母を思い出し、不意に涙が溢れ出た。それから、親しい友人に会うと甘えた気持ちでつい愚痴《ぐち》をこぼしてしまう自分を省《かえり》みて、人と接する前に、まり子さんのこの言葉を心の中で唱えるようになった。

『まり子おかあさんへ』は、まり子さんと子どもたち（ねむの木学園の園生）が交換した千通を越す手紙から、特にまり子さんの心に残った二十五通を収録した本だ。どの手紙も素直で実直な言葉ながら、互いを思い合う優しさと愛に溢れている。

そして改めて気がついた。誰かに優しくすることは、心の傷や疲れを癒す、自分自身への優しさでもあるのだ。この頃はまた、以前のようにこの本を枕元に置いて、心に響く言葉を反芻《はんすう》してから眠っている。どんなときでも、優しい気持ちを忘れないでいたい。

子どもたちよ

言葉を覚えたての私が、毎日読んでほしいと母にせがんでいたのがディック・ブルーナの『ちいさなうさこちゃん』。人生で最初に好きになったオランダ生まれのこの絵本を翻訳したのが石井桃子さん。

子どもたちよ
子ども時代を　しっかりと
楽しんでください。
おとなになってから
老人になってから
あなたを支えてくれるのは
子ども時代の「あなた」です。

百一歳で天に旅立つまで、日本の子どもたちのための文学の礎《いしずえ》を築き、牽引《けんいん》し続けた児童文学者・石井桃子さんの仕事や暮らし、胸に響く様々な言葉に触れることのできる案内書『石井桃子のことば』の冒頭に掲げられた言葉だ。

私がこの本を手に取ったのは、桃子さんの自宅の一部を改装した子どものための私設図書室・かつら文庫を見学したときだった。表紙をめくって最初に目に飛び込んできた言葉に心が揺さぶられ、迷わず求めた。冒頭の続きを早く知りたくて、帰りの道すがら喫茶店に駆け込み、一気に読み込んで、桃子さんの生き様にすっかり引き込まれた。

桃子さんは「子どもたちよ」と語りかけているけれど、まず貴《とうと》く受け止めるべきは、私たち大人ではないだろうか。子ども時代の家族との時間、読んだ本、空想したこと、笑ったこと、嬉しかったこと、宝物だったもの。遠い記憶であるはずなのに、歳を重ねるほど幼い日の自分の姿が、一層きらきらと輝きを増して感じられるのはなぜだろう。

大人だって淋《さび》しいこともあるし、泣きたくなるときもある。大人だからと我慢したり諦めなければいけないことは日々いくつもあるけれど、そんなとき手を差し伸べてくれるのは他でもない、あの日の自分だ。

桃子さんの言葉の通り、どんなことがあっても最後は、自分こそが自身を支えてくれることを、大人になった私たちはよく知っている。だからこそ、子どもたちにこう伝えなければならない。

「のびのび自由に、今を楽しんでね」

古都ひとり
美のうらみ
高田敏子詩集
野尻抱影 山口誓子
晩年の父 犀星
幸田文のマッチ箱 村松友視
大人の絵本 宇野千代
雑草に寄す

初恋をおぼえていますか？

土曜日の放課後、下駄箱で帰り仕度をしていると、普段はお調子者の隣の席の男子が「ねえ、この本読んでみない？」と一冊の本を差し出してきた。不意をつかれた私は気のきいた言葉が浮かばず、ただ一言「ありがとう」と言って本を受け取った。

そわそわしながら帰宅したのは、山本容子さんが描く花の絵の表紙があまりに美しかったから。本を見て美しいと思ったのははじめての経験で、ケーキの入った箱を運ぶように大事に抱えて家路を急いだ。

それが吉本ばななさんの『TSUGUMI』との出会い。読書が好きでよく本を読んでいたけれど、それまで自分で選んでいたのは、教科書で名前を知った作家の、少し堅《かた》い純文学作品ばかり。さっきまで小憎らしいと思っていた同級生の男子が、こんなに素敵な大人びた本を読んでいるなんて。夏の光を帯びて輝くストーリーにぐっと引き込まれ、高揚のあまり微熱を感じたほどだった。同時に、そこに描かれる風景の端々に、本を貸してくれた彼の顔がちらちらと顔を出した。

日曜日の午前中に読み終えたときには、もうすっかりばななさんの虜《とりこ》になっていた。そして私は、生まれてはじめての恋に落ちていた。

『TSUGUMI』の舞台は海辺の田舎町。病弱で生意気な美少女・つぐみと、おおらかな従姉《いとこ》・まりあとの、ひと夏の物語。つぐみは恋を知り、悲しさを覚え、季節が変わるように大人へと近づき、自らの生を受け止める。

「初恋をおぼえていますか？」

久しぶりに開いた文庫版のばななさんのあとがきの言葉から、『TSUGUMI』をきっかけに世界が一変したあの週末が鮮明によみがえってきた。言葉や景色に、声や匂いに、歌や誰かの物語に、涙がこぼれるようになったあの日のことを。

いき、という美意識

東京に暮らしはじめて幾月か経った頃、この街とどのように向き合い、接していこうかと考えた。学生時代を過ごした関西を離れ、子どもの頃から憧れていた大都会に意気込んでやってきたものの、この先ここで、どんなふうに時間を過ごしていったらいいのかと考え込んでしまったのだ。そんなときに、近所の古本屋で手に取ったのが九鬼周造《くきしゅうぞう》の『「いき」の構造』。少し前に、友達のカバンの中からこの本がちらりと見えたのを思い出し、私も読んでみようと何気なく求めたのだった。

手にしたばかりの本を、阿佐ヶ谷駅前の、ブランコ式の席がある喫茶店・ギオンで開いたのだが、読み進めるほど強く覚えた心を揺さぶられるような感覚を今も忘れることができない。

『「いき」の構造』は、江戸時代の遊郭《ゆうかく》における独特のいきという美意識が、哲学的かつわかりやすく語られた本である。まだ十分には理解できない思想もいくつかあったけれど、そのときの私の野暮《やぼ》ったさを覆ってくれるようにいきの真髄《しんずい》がとくとくと心に注がれていった。

　異性との関係が「いき」の原本的存在を形成している
「いき」を定義して「垢抜けして(諦)、張のある(意気地《いきじ》)、色っぽさ(媚態《びたい》)」
独断の「甘い」夢が破られて批判的知見に富んだ「いき」が目醒める
運命によって「諦め」を得た「媚態」が「意気地」の自由に生きるのが
「いき」である

　家に戻って、本の中のこんな言葉に赤く線を引いた。それからしばらくの間、枕元が定位置になり、本の中の言葉を毎晩のように眠る前に唱えた。
　いきの根底に男女の関係があるとはいえ、それは新たな日々を送っていく私の道標《みちしるべ》となり、いきであろうとすればするほど、すっきりさっぱり、楽になっていった。江戸で生まれたいきという美意識を持つことができたのなら、東京での暮らしは穏やかで心地よく、素晴らしい景色に包まれるだろうと、祈りにも近い想いを馳《は》せた。

古本のある生活

古本屋が好きだ。古本屋に漂う空気は、子どもの頃によく閉じこもって遊び場にしていた、父の書庫と同じ匂いがする。父の小さな書庫の記憶は、私の原風景と言える。

本と本の隙間にしゃがみ込んで、積み上げられた本を見上げていた。まだ平仮名しか読めなかった私は、いつか全部読めるようになる日が来るのかしらと、胸を高鳴らせながら漢字だらけの本をめくって遊んでいた。両親に叱られたときにも、いつも書庫に閉じこもった。自分で逃げ込んでおきながら「早く見つけに来てください」と、祈りと不安で胸がいっぱいになっていたのを、今でもふとしたときに思い出す。

結局のところ私は、特別な読書家になることはなく、父の蔵書を熱心に読むこともなかった。それでも成長した今、紙とインクと埃の匂いが入り混じる古本屋が好きでたまらない。

毎日のように古本屋で本を買いながら、全て読み尽くすことはなかなかできていないけれど、それでも古本に囲まれた暮らしをこれからもずっと続けたい。

calder
HAPPY TIMES / LEE RADZIWILL
modern publicity 35
NO DRAWING NO CRY
ARTISTS' TEXTILES in BRITAIN
KIPPENBERGER
ARABIA

MAGAZINE
うたのしくみ
父のいる食卓
悪女のすすめ
強く生きる言葉
岡本太郎
山名文夫
世界の化粧品
百花繚乱
お菓子の絵本

本に線を引く

美しい日本の言葉と季節の勉強のため、帰省のたびに父の蔵書から歳事記や句集を引っ張り出して読んでいた。勉強といってもなにかを頭に詰め込むのではなく、流し読みしながら、気にかかったところに線を引くだけ。それはもちろん、父からの了承を得てのこと。

線を引くのは、その本をより自分のものとするためである。線を引いてしまった本は古書店でも買い取ってはくれないし、自分のものという意識が高まり、なかなか手放すことができなくなる。いつか蔵書を譲り受けたいと思っていた私は、本に線を引くたび、父から言葉を受け取っているような心持ちになっていた。

こけし買ふ　数の恋しき　四月尽《じん》　石田波郷《はきょう》

今日は四月尽という春の季語を覚えた。四月が終わることを意味し、過ぎゆく春を惜しむ気持ちが込められているそうだ。

子どもの頃、四月には進級の意気込みが高まって、一生懸命に勉強するつもりで消しゴムとノートばかり買い集めていた。一年かけても使いきれないほどの消しゴムとノートが集まったときにはいつも、もう夏が近づいていた。

洋子さんの気配

「佐野洋子《さのようこ》さん、知ってる？」

兄のような存在である音楽家の友人Kさんの口から、意外な名前が出て驚いた。

「佐野洋子さんって『100万回生きたねこ』の？　知ってるもなにも大好きですよ」

「洋子さんの息子、広瀬弦《ひろせげん》っていうんだけど、僕の同級生でね」

そう言って友人は、おもむろに電話をかけはじめた。相手はその弦さん。二言《ふたこと》三言《みこと》話をしたあと「はい」と私に携帯を差し出した。人見知りのところがある私は面識のない相手との電話は苦手なのだが、屈託のない友人の素振りに思わず受け取ってしまった。

「はじめまして」という挨拶に続いて「お母様の本、よく読んでいます」と伝えるより先に、弦さんから矢継ぎ早に質問が飛んできた。とても軽快で人懐っこい話ぶりに、ほんの少し他愛ない会話を交わしただけで、おおらかな人柄であることが電話の向こうから伝わってきた。

洋子さんの随筆にときどき登場するひとり息子として、活字の中で一方的に出会っていた弦さん。電話越しの口調や雰囲気が、洋子さんの言葉と重なり合って、まだ会ったこともないのに、ずっと前から知っているような錯覚を覚えた。

その後、友人たちと出かけたライブ会場ではじめて弦さんにお会いし、それから時折、Kさんを通じて顔を合わせるようになった。弦さんとKさんの会話を聞いていると、ふとした瞬間、話題の中に洋子さんが登場する。まるで洋子さんも、彼らの同級生であるかのように。人づき合いが好きだった洋子さんは、息子の友人たちとも随分と仲がよかったそうだ。Kさんたちが弦さんの家へ遊びに行き、たとえ本人が留守だったとしても、洋子さんは彼らを家に招き入れ、若い友人たちと一緒に寛いだという。

彼らが語る洋子さんとの話を聞くたびに、私も洋子さんにお会いしたかったという気持ちが募っていった。これまで洋子さんの言葉に、笑ったり、深く頷《うなず》いたたり、背中を押され、何度救われてきたことか。活字だけでなく、洋子さんが発する声と言葉にも直接触れてみたかった。

ドキュメンタリー映画『100万回生きたねこ』の試写状が届いたのは、そんなふうに思いながら、毎日のように洋子さんの本をめくるさなかのこと。佐野洋子さんは、この映画の撮影中の二〇一〇年十一月に旅立った。

二名入場できる試写状だったので、誰を誘って観に行こうかとさんざん迷った。私が最後に絵本『100万回生きたねこ』を読み返したのは二十代。そのとき、なんとも切なくなった記憶が脳裏をかすめ、同じ題名の映画をひとりで観ることが心もとなくあったのだ。しかし結局、ひとりきりで観ることを決めた。

十代、はじめて『100万回生きたねこ』を読んだとき、ただただ猫が羨ましかった。私がまだ一回も生き終わっていないうちに、猫は百万回も生き、百万人に可愛がられた。百万回誰かに愛されること、たった一回誰かを愛すること。自分のために泣いてくれること、自分が涙を流すこと。それらはともに素晴らしいことだ。そのどちらをも経験した猫は、百万回もの幸せを得たのだと、羨望《せんぼう》を抱いた。

二度目に手にしたのは二十代。少し大人になった私は、愛し愛されることへの憧れより、愛するものに愛されないやるせなさ、愛するものが自分のそばからいなくなる悲しみばかりを慮《おもんぱか》り、残された側の気持ちに引き込まれて溜息をつきながら本を閉じた。

その後、洋子さんの随筆を何度も読んできたが、この絵本だけは、あの日から一度も開くことはなかった。ドキュメンタリー映画は絵本とは違うけれど、再び『100万回生きたねこ』と向き合えば、かつての自分の気持ちと対峙《たいじ》することになるだろう。二度目に絵本を開いたあの日のように、辛く悲しくなりはしないだろうか。どうにもそれが怖かったが、そんな心配は全くもって無用だった。

スクリーンに映し出されていたのは洋子さんの気配、そして洋子さんがたくさんの人たちにまいた種。明るい光が差し込む荻窪《おぎくぼ》の住まい、静かに森に佇む軽井沢の別荘、本と人が寄り添う葬儀、故郷・北京の風景、白黒の家族写真。会いたかった洋子さんの、聞きたかった声がそこにあった。主語や意志が定まった流麗な言の葉。自らの命の限りを告げる言葉さえ、力強く頼もしい。

「人間はなんのために生きているかっていったら、やっぱり他人を愛するために生きているし、たぶんこの世界を愛するために生きているんだと思うのね」

「大事なものは全部目に見えないと思ってるの。目に見えないことが、一番大事なことだと思ってるの」

私はまた洋子さんに救われた。暗がりに響く洋子さんの言葉を介して向き合えたのは、かつての自分ではなく、今の自分だった。

映画を観たあと、私は『100万回生きたねこ』を開いた。猫が生まれてきたその日のこと。猫を可愛がった人の性格。猫が人を嫌い、死ぬのが平気だったわけ。白い猫と子猫の宝物。猫が泣きやみ、動かなくなる前、最後になにを思ったのか。百万年分、百万通りの猫や人の生き様。

これまでは、絵や文字をなぞるだけだったけれど、三度目は描かれていない余韻の部分を想像しながら、ゆっくりと時間をかけてページをめくった。生まれてきたこと、死にゆくことと同じように、想像の先に答えなどない。けれどそんなふうに考えるたび、こうして今生きていることが愛おしく思えた。

つい先日、Kさんに連れられて弦さんの仕事場を訪れた。そこはかつて洋子さんが住まいを兼ねてアトリエにしていた場所。表札・リビングの床・カーテン・本棚・緑色のデスクライト・窓から差し込む光、その全てから洋子さんの気配を感じた。それまで直接、洋子さんについて尋ねたことはなかったが、この場所に来て、弦さんに聞いてみたいことが私の中から溢れ、気がつくと口から次々飛び出していた。

「料理上手だったんですよね」

「ここにどれくらい住んでいたんですか？」

「軽井沢の別荘は、今もそのままなんですか？」

出てきたのは、ぼんやりとしたことばかり。けれども、そんな私の曖昧な問いかけも、弦さんが語ることで洋子さんの存在がくっきり形を帯びていった。スクリーンの中から聞こえた洋子さんの声が、姿が、今にも私の眼前に現れそうな感じさえした。

洋子さんのお別れの会で、弦さんによる喪主の挨拶として上映された映像も見せてもらった。小粋なうえに、愛とユーモアに満ちた作品だった。洋子さんと弦さんはともに様々な作品を作ってきたけれど、お別れの会もまた、母と息子が手を取り合い一緒に披露した舞台さながらだった。

そして、洋子さんのことを話す弦さんと、洋子さんの写真が交互に映し出される映像に合わせて流れていたのは、洋子さんが最後に作詞し、Ｋさんが旋律《せんりつ》を紡《つむ》いだ「あの庭の扉をあけたとき」という歌。

帰り際、洋子さんの仏前に手を合わせながら、ふと不思議な感覚を得た。

「洋子さんはただ眠っているだけなんじゃないか」

あまりに洋子さんの気配がこの世界に残されている。本や映画、洋子さんを愛した人、洋子さんに愛された人たちを通じて、私たちはいつでも洋子さんに会うことができる。

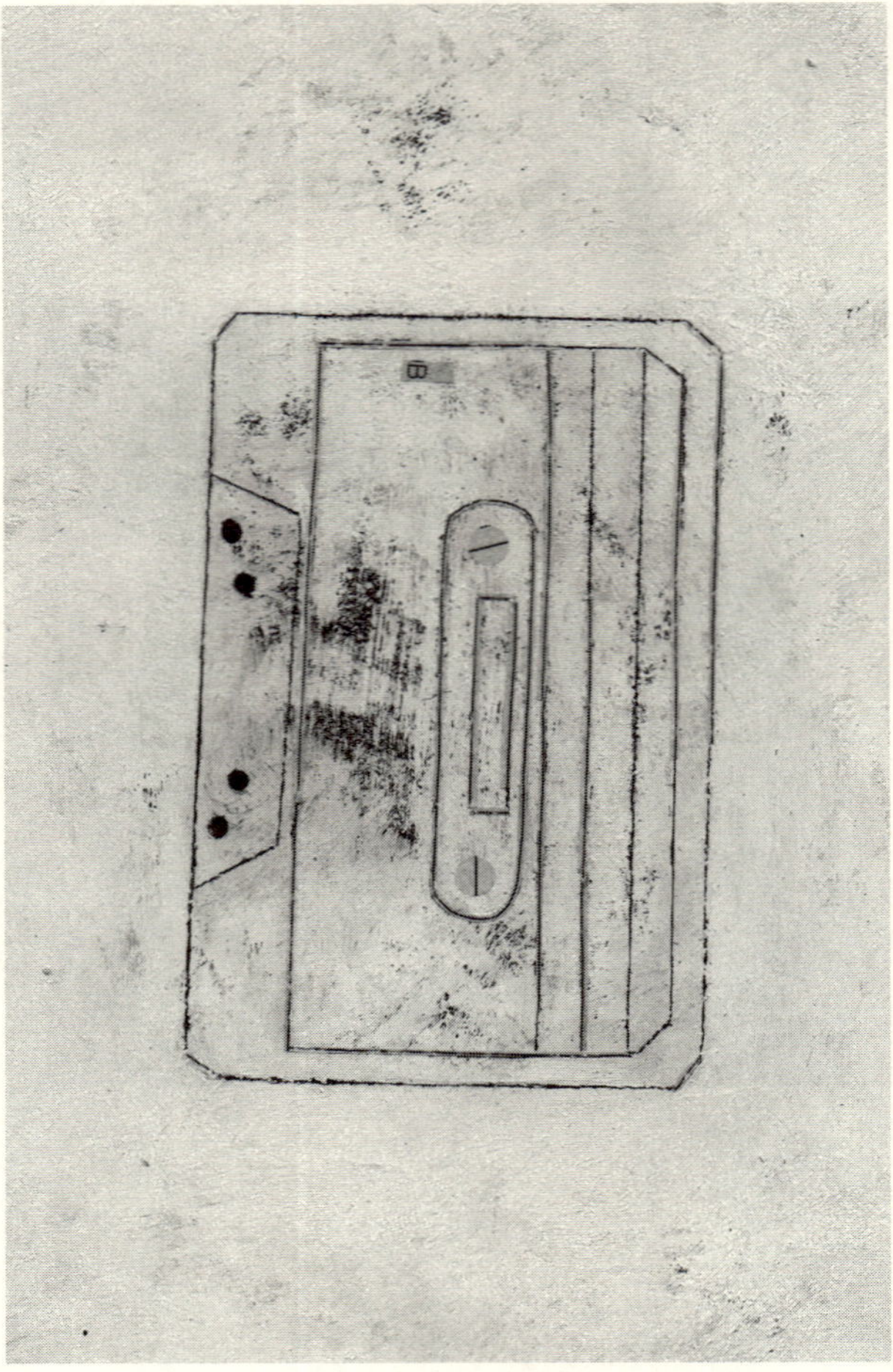

カセットテープの記憶

B面の思い出

昭和後期生まれなら、テレビにラジカセを近づけて歌番組をカセットテープに録音した経験が一度はあると思う。私自身もそんな記憶を抱くひとりだ。お洒落のつもりで、少女漫画雑誌の付録の紙製のカセットレーベルに、英字のレタリングシールを一文字ずつ擦って貼りつけたり、プラスチックのカセットケースをシールで飾りつけたりした。学校で習う前にローマ字を自主的に覚えたのも、お気に入りのカセットテープをレタリングシールでカスタマイズするためだった。

中学三年生の夏休み、好きな男の子から暑中見舞いとともに届いたカセットテープ。B面の最後までぎっしり収められた、英語混じりの恋の歌は、毎日彼に会えず退屈だった夏の閑暇《かんか》に、さらなる恋心をもたらした。

私も彼に、自分の気持ちを歌に託して贈ろうと、夜を徹して四十六分のカセットテープに思いの丈を詰め込んだ。片面二十三分にちょうど収まるよう曲の長さを計算しながら、曲順も真剣に考えた。あのとき選んだ歌は、少女時代のB面の思い出だ。生意気に背伸びして集めた歌の数々は、蒼《あお》さゆえの秘めごとにしておきたい。

歌謡曲は文学

日本人は万葉の時代から七五の旋律に言葉を載せて和歌を詠《よ》んできた。和歌は自分の気持ちを相手に伝える手紙としての役割も果たし、男女の気持ちを伝え合う恋文でもあった。さらには季節の移ろいを言葉で掬い取る、スケッチや写真にも通じる風情があるものだ。

人はみな季節を感じ、嬉しさや切なさや悲しさを覚え、誰かを想う。美しい景色を目にしたとき、気持ちが揺れ動いたとき、自分の中から湧き出る感情を他者に伝えるために歌は生まれた。

私は子どもの頃から、その時代に生きる人たちの共通の記憶となる歌謡曲が好きなのだけれど、歌謡曲も和歌や詩や小説と同じように、文学の一ジャンルであると信じてきた。

斉藤由貴さん主演の映画『恋する女たち』には、作詞家をしていた男性が登場する。その人は誰もが知っている有名な歌の歌詞をたくさん書いてきたが、それまでの仕事を辞めて実家のある金沢に戻り、今は短歌を詠んでいるという設定だった。

登場人物のひとりが、その元作詞家に「どうしてやめたんですか？　やっぱり短歌の方が文学してんのかな？」と尋ねる場面があるが、それに対して「いや歌謡曲より短歌の方が高級だとは思わないけどね」と答える。

この映画をはじめて観た中学生の私の脳裏に、そのシーンがくっきりと残された。短歌や詩や小説と同じように、歌謡曲の歌詞が文学として語られることはまだそう多くはないけれど、嬉しいときにも寂しいときにも、どこでも自由に口ずさむことのできる歌謡曲という文学を、これからも大切に感受していきたい。

智恵子さんへ

一九九四年に発表されたＹＯＵさんのソロアルバム『カシミヤ』に「智恵子さんへ」という歌が収録されている。このアルバムは全曲ＹＯＵさんが作詞をしていて、この「智恵子さんへ」は高村光太郎さんの詩集『智恵子抄《しょう》』の一編「あどけない話」への返歌になっている。

中学時代にはじめて読んで以来、『智恵子抄』が大好きだった私は、智恵子さんの軌跡を感じたくて、作品の中に登場する智恵子さんの実家がある福島を旅したことがある。

智恵子さんは洋画を描いていたが、晩年心を病んでしまい、その療養のために紙絵をはじめたそうだ。光太郎さんが持ってきた和紙や紙袋、お菓子の包み紙で作品を作っていたが、それがとても可愛らしくて、毎日のように智恵子さんの紙絵作品集を眺めていた時期もある。

二十代で再び『智恵子抄』に触れたとき、こんなに深い愛を感じる詩集は他にはないと思った。それとときを同じくして、なんの気なしに再生したアルバムからこの歌が流れてきて、なにか運命的なものを感じた。

あどけない話　　高村光太郎

智恵子は東京に空が無いといふ、
ほんとの空が見たいといふ。
私は驚いて空を見る。
桜若葉の間に在るのは、
切つても切れない
むかしなじみのきれいな空だ。
どんよりけむる地平のぼかしは

うすもも色の朝のしめりだ。
智恵子は遠くを見ながら言ふ。
阿多多羅《あたたら》山《やま》の山の上に
毎日出てゐる青い空が
智恵子のほんとの空だといふ。
あどけない空の話である。

「東京に空が無い」と言った智恵子さんに対して、ＹＯＵさんはこう歌っている。

東京には空が青く広がり
東京の空　わたしは大好きです
あの時にあなたがさがせなかった
東京の空　あなたの街へとつづき
東京には今日も空があります

智恵子さんが見えないと言った東京の空が、私には見えた。そして、その空はあなたの街へと続いている。こう返歌を送った感性に大きく心を揺さぶられた。この歌を聴いてから、私も東京の空をよく見上げるようになり、それまで窮屈に感じていた目の前の空が大好きになった。慌ただしい暮らしの中でも、深呼吸して空を見上げれば、ちょっとした季節の移ろいや、美しい景色の中に小さな喜びを感じることができる。

これから東京の風景に、いくつのあどけない話を見つけられるだろう。

かなしいことり

小学四年生のある日のこと、AXIA《アクシア》というカセットテープのテレビコマーシャルで流れてきた歌の歌詞が私の心をとらえた。どこか心もとなく不安げな歌声に包まれながら、けれどもくっきりと輪郭を帯びた言葉として、幼い意識の中へと舞い込んできた。

ごめんね　今までだまってて　本当は彼がいたことを

アイドルが歌う歌が好きで、テレビにラジカセをぴたりとつけて録音したり、耳で聴き取った歌詞をノートに書いて自分だけの歌集を作ったりしていた。十五秒の映像で覚えたそのひとフレーズをすっかり気に入って、しばらくの間鼻歌として繰り返し口ずさんだ。もちろん小さな私はまだ、歌詞に潜む心模様を計り知れるわけなどなかったけれど。

貸しレコード屋で借りた斉藤由貴さんの『ＡＸＩＡ』というＬＰレコードを、幼馴染みのお姉さんがカセットテープにダビングしてくれたのは、それから数ヶ月後のこと。インデックスカードに丸い文字で書かれた「ＡＸＩＡ〜かなしいことり〜」というタイトルを見つけ「あ、あのＣＭの歌だ」と気づき、すぐにカセットデッキに差し込んだ。

きゅるきゅるとテープが回転する音の上、ぼんやり浮かぶ雲のような風景。それまでにも、男と女、愛や恋、出会いや別れが綴られた歌を覚えてきたはずなのに、最後まで聴き終えたとき、まだ恋も知らない十歳そこそこの私の胸がはじめてちくりと、甘やかに痛んだ。

これから誰を愛しても　ふたりは胸が痛いのね

歌の世界の私にとって彼とは、両思いの相手。それなのに、彼の存在は彼方に霞《かす》んでいる。すぐそこにいるのは、私と、彼とは違うあなた。ことりのように大空へ羽ばたくことのできないふたりだけ。帰るべき恋人がいるにもかかわらず、別の人へ恋心を抱き、これから先また違う誰かを愛するような気配さえ漂う。

誰しも当たり前に大人になり、平穏な家庭や暮らしを築くものと子どもの私は信じていた。けれどもこの歌を端緒に、切なさという感情が芽生えたのは確かだ。優しさと悲しみが赤い糸で結ばれていることや、好きという気持ちは、幸福な美しさだけで語ることのできないことが、あどけない幼心にもそこはかとなく伝わってきた。

時は流れ中学生になった私ははじめて深く人を好きになった。彼の一言にはしゃいだり溜息をついたり、すぐ隣にいるのに淋しくて涙がこぼれる。はじめての恋だったから募る想いをどんなふうに言葉にしたらいいのか戸惑い、均衡の取れない多感な感情を保つため音楽や文学に救いを求め傾倒していった。そんな折、誰かの読み終えた本が無造作に並ぶ学級文庫で手に取った銀色夏生《ぎんいろなつを》さんの文庫本。ぱらぱらとページをめくりながら「この本の中に私がいる」と気持ちが昂った。

ときめき・切なさ・苛立ち・不安・希望と絶望。そこには、恋する少女のアンバランスな心の揺らぎが詰まっていた。思えば当時、どれだけの中高生が銀色夏生さんが紡ぐ言葉に同じ感慨を抱いていたかしれない。小さな詩集をまるでお守りのように毎日カバンに入れて持ち歩き、同じページを何度も開いて、教科書よりも熱心に読み解いた。

銀色夏生さんが書いた歌を、一般公募した無名の少女が歌う一九八九年のイメージアルバム『バランス』にも、「かなしいことり」というタイトルで、あの歌が収録されている。そのアルバムを聴く以前に同タイトルの詩集の中に、空で歌えるほど口ずさんだ詩を見つけたときには、幼な子に感傷の種をまいたのはこの人だったかと、妙に得心がいった。

歌を魅力的に思うひとつに、既視感や共感がある。歌われている事柄がたとえ見たことのない景色であったとしても、いつか通り過ぎたことのある風景や感情を思い起こす。一度だって経験したことのない出来事さえ、あたかも懐かしい思い出のように感受できる。

「ＡＸＩＡ～かなしいことり～」を聴くたび私は、少女時代の切ない気持ちを思い出す。ＡＸＩＡとはギリシア語で大切なものという意味を持つが、少女だった私の感傷的な記憶は、今の私の大切な宝物だ。

全てのものはバランスだ

大学のときに所属していたゼミで、フランス文学が専門の教授は口癖のように「全てのものはポエジーだ」と言っていたが、そのたびに私は「全てのものはバランスだ」と心の中で言葉を返していた。

その当時、大切にしていたCDを、意を決して人に貸した。それは、私には宝物のようなものだった。いつでも手元に置いておきたくて、それまで自分の部屋から持ち出したことがなかったが、そこに収められた歌をその人にも聴いてほしくて、自分から手渡した。しかしそのまま、その人と会うことはなくなり、CDは私の元に戻ってこなかった。

それから数年後、すでに廃盤になっていたそのCDと中古レコード店で再会を果たした。今ならすぐネットで探したり、配信で聴いたりできるけれど、当時は中古店で見つけるしか再び手にする方法はなく、ずっと探していた。

あの歌声がまた私の部屋を満たしてくれると思うと、嬉しくてたまらない。記憶を辿り、ところどころ忘れかけていた歌詞を口ずさみながら、いつもより速く自転車を走らせた。

それからしばらく、そのアルバムは絶え間なく我が家で流れ、今もぎこちなさが魅力的な女の子の歌声が部屋中に響く。この作品を作った作家・銀色夏生さんはライナーノーツに、彼女の声を神様だと綴っている。

銀色夏生さんが作ったアルバムのタイトルは『バランス』。全曲を歌手でもアイドルでもない、普通の女の子が歌っている。この作品は、恋する歌の集合体で、どの歌の中にも淡く切ない、思春期の少女たちの気持ちがゆらゆらと揺れている。中でも「ラララ」と「かなしいことより」というふたつの歌は、私の青春時代のBGMと言えるほど繰り返し聴いた大切な歌だ。

歌も、歌以外のものも、一見幸せな日常の裏側に、切なさが潜んでいるものに惹かれてしまう。

いつか誰かに、負の感情を原動力にして生きているねと言われたことがある。私自身、そういうつもりは決してなくて、生きていくには正と負のバランスが大切だから、その両方を大事にしたいと常々考えていた。

「全てのものはバランスだ」

銀色夏生さんが生み出した歌を聴きながら、そんな言葉をいつも心の中で唱えていた、過ぎた時間を思い出す。きっとこれから先も、不意に傾く気持ちの均衡を保ちながら日々を送っていくのだろう。

歌こそ私の神様

リピートボタンを押して、一日中繰り返し聴き続けた歌がある。たとえば小沢健二さん「天使たちのシーン」、サニーデイ・サービス「若者たち」、フィッシュマンズ「チャンス」。それはまだ時間があり余っていた学生時代の話。今でもときどき思い出同窓会(もしくは成長確認会)をおこなうようにひとりスピーカーと向かい合い、ただ歌にだけ神経を集中させてじっと聴き入ることがある。

好きな日本語の歌が流れると、どうしても歌詞の言葉ひとつひとつを追いかけてしまう性分の私は、集中を要するときは無音か、歌のない静かな音楽を聴く。つまり日本語詞の歌を聴くことは私にとって、玩味《がんみ》して詩集をめくるのとそう違いのない行為と言える。幼少期からスケッチブックに絵ではなく言葉を描いてきた私は、物心ついてからずっと、身近な音楽にも旋律の心地よさ以上に、文学的な意味合いを求めてきた。

金延幸子《かねのぶさちこ》さんの「時にまかせて」も、眠っている間とか、起きているときとか、そういう時間軸を越えて、寝ても覚めてもずっと聴き続けた歌のひとつだ。どうしたら叶えられるだろう。どうしたら変われるのだろう。どうしたら抜け出せるだろう。どうして、どうしたらと、苦しいほど考えてもなにも変わらず、なにも見つけられないでいた頃、一日中「時にまかせて」で部屋を満たしていた。

収録アルバム『み空』がＣＤで復刻された当時、レコードショップの視聴機でなんとなく聴いたその歌に、優しくそっと背中を押されたような気がして涙がこぼれた。

確かめるなんて　むだなこと
思いつくままに　気の向くままに

それまで、深く考えてみたところで無駄にすぎない事柄がたくさんあることを、意識の表層で知ってはいながら、経験として会得できてはいなかった。どこか頑なに身構えていたのだろう。

気楽なことさ　時に任せ
全て時が　解決してくれる

言葉通り気楽な歌詞にふっと力が抜け、流されずにあらねばという意固地さが一変した。時に身を委ね、流されてみてもいいんじゃないかという気持ちになったのだ。きゅっと固く結んだものの見方の入口を、ゆっくりと解《ほど》くように、これでいいんだと思えるまで、この歌を聴き続けた。

のんびりするさ　時に凭《もた》れ
全て時が　解決してくれる

時にまかせて通り過ぎてしまったことを享受《きょうじゅ》できるようになった頃には、いつしかこの歌を聴き続けることはなくなっていた。

ちなみに「時にまかせて」にはふたつの音源が存在している。ひとつはアルバムに収録された細野《ほその》晴臣《はるおみ》さんプロデュース版。シングル版は大瀧《おおたき》詠一《えいいち》さんがプロデュースしていて、同じ曲でも趣《おもむき》が異なる。大瀧版は初夏にも似た軽快さが際立ち、細野版は小春日和のような柔らかな音色で、それぞれ違う滋味がある。

あるとき、神社の参拝中にふと、神様を信じて祈ることと、好きな歌を聴き続けることはよく似ていると思った。そして、神様へ祈るような気持ちで何十年も聴き続けてきた好きな歌たちの歌詞が脳裏に浮かんできた。

特定の信仰を持たない私も、日常生活や旅先で、その土地に根づいた神様に出会えば、敬虔《けいけん》な気持ちで祈りを捧げる。どこかへ、なにかへ届けられ、叶えられる思いがあると心に希望を抱きながら。好きな歌を聴くときも、同じような思いが沸き起こる。そうして私はいくつもの場面で、歌に救われてきた。

神様を信じる強さを僕に
生きることをあきらめてしまわぬように

これは小沢健二さんの「天使たちのシーン」で、一番好きなフレーズだ。

歌こそ私の神様なのかもしれない。

三月十五日

「三月十五日、ご一緒しませんか？」というメールが届き、溜息がこぼれた。三月十五日は私が敬愛するフィッシュマンズのボーカル・佐藤伸治《しんじ》さんの命日である。

東京で暮らしはじめて間もない頃、毎晩フィッシュマンズばかり聴いていた。私はフィッシュマンズの音を、東京の夜そのもののように感じていた。静かで、深くて、孤独を感じる音。

フィッシュマンズが好きであることを、なかなか人に話すことができなかった。どんなところが、どんなふうに好きか、それを明確に言葉にすることができなかったからだ。軽々しく好きだと言ってはいけないような気持ちさえ抱いていた。それほどまでに、フィッシュマンズは私にとって神聖な存在だ。

思えば中学生の頃に夢中になって読んでいた小説はどれも、フィッシュマンズの音楽のような、先の見えない大きな空間を、未来の想像の中に見せてくれるものばかりだった。それらは、どうしようもなく切ないものであった。

今でもときどき、フィッシュマンズの音楽に埋もれたくなることがある。かつてはその音から孤独を感じていたが、今は私を優しく包み込んでくれる、あたたかな毛布のような存在だ。

次の休みは名画座へ

人生でもっとも映画館へ通ったのは、大学時代の四年間だ。在籍した芸術大学の文芸学科には、映画やシナリオの講義があり、教室のモニターで映画を観てレポートを書く課題がたびたび出された。ところが同時に、自らの意思で選んだゼミの、映画評論を専門とする先生には「映画は教室で観るものと違う。そんな授業がはじまったら、すぐに帰って街へ出て、映画館で過ごすべきだ」と諭された。確固たる信念で映画愛を語るユニークな先生だった。

そんな先生が主催する集まりは、女性は安易に近寄らない方がいいとささやかれる夜の街の料理店が会場。待ち合わせの駅からの道すがら「この路地、どの映画に出てきたかわかる？」などと、即席の課外授業がはじまる。先生は大学講師の肩書き以外に映画館主義者と名乗り、一貫して映画は映画館で観るもので、街へ出て経験することにこそ価値があると教えてくれた。

幸い私が学生時代を過ごした頃の大阪には、名作と誉れ高い映画を数本立てで上映する名画座がまだいくつも残っていたし、企画ものの特集やオールナイト上映をおこなうミニシアターにも恵まれていた。私はゼミの他にも映画鑑賞が主たる活動のサークルに所属し、学校帰りや週末に友人たちと映画館へ熱心に通った。中でもよく名画座を選んでいたのは、手頃な入館料で一度に何本もの作品を観ることができるからだけではない。殊に私は、レンタルビデオでは見つからない古い邦画の世界に潜り込み、自分が生まれる前の景色や世相や人々の生き様を、大きなスクリーンを通して体験できることに夢中になった。入れ替えのない映画館で、朝一番からその日の最終上映まで一日過ごしたこともある。音響以外しんと静まり返ったほの暗い箱の中にいるのに、そこで出合う映画たちは、広く果てしない世界へ連れ出してくれたし、繊細な心の機微に気づかせてくれた。

ゼミやサークルの仲間には、映画館はひとりで行くものと決めている人も多く、何人かと連れ立って出かけても、館内ではすうっとひとり同士になった。二時間、ときにそれ以上、おのおのの時間を過ごし外へ出ると、見慣れた景色もさっきよりドラマチックに見える。すぐにまた、いつもの暮らしがはじまるとわかっていても、しばしの間、互いに言葉少なに映画の余韻を反芻《はんすう》する。そんな時間が好きだった。

随分と数は減ってしまったが、今私が暮らす東京には、ところどころに名画座が残っている。シネコンと違い、そもそもの客席が少ないこともあるだろうが、ほとんどの席が埋まるほどの賑わいに遭遇することもある。そのたび、たくさんの同士に出会えたようで嬉しくなり、名画座の未来にほっと安堵する。

早稲田松竹・新文芸坐・東京国立近代美術館フィルムセンター・ギンレイホール・神保町シアター・ラピュタ阿佐ケ谷。名画座のある街は、華やかさはなくとも色濃く文化の香りが漂い、映画の舞台のような昔ながらの喫茶店が所在する。わざわざそこへ足を運び、観賞後は近くの古い喫茶店で映画の余韻を胸に刻み込む。街の香り、人の声、不意によぎる記憶や希望。映画館で観る映画が、さらなる思いや体験を引き寄せてくれる。

私の家の近所にも古い日本映画ばかりを上映する名画座があって、商店街のいたるところで昔のスチール写真をコラージュした上映ポスターを目にする。ふと立ち止まって映画のタイトルを眺め、次の休みはどの作品を観に行こうと吟味《ぎんみ》するのが、日常でのささやかな幸せだ。

音楽のある生活

今より自由な時間があった二十代の頃は、読書・映画・音楽と、文化的な事柄に貪欲に時間を費やしていた。しかし次第に仕事に追われるようになり、少しずつそれらから遠ざかっていった。仕事柄、本を読んだり映画を観る機会はそれなりにあるもの、音楽と触れ合う時間はめっきり減っていった。

執筆中に音楽やラジオを流すことができず、いつも無音の環境に身を置いている。音楽を聴きながら文章を書くことができる人もいると思うが、私はそれがどうしてもできない性分である。音楽やラジオが流れていると、ついそちらに意識が向いてしまい、軽やかに聴き流すことができない。

朝も昼も夜も、音楽とともにときを過ごすことが理想だった。それなのに、歌詞や言葉の意味に思いを馳せ、声の抑揚やメロディーそのものに触れることでさまざまな感情が沸き起こってしまう。好きな音楽であればあるほど、どうしても執筆と両立できない。その分、リラックスできる入浴中や台所に立つ時間に音楽を聴いていたけれど、ここ数年は心身の疲れからか、聴く音楽を選ぶ余裕さえなくしていた。

あんなにも音楽に憧れ、音楽にたくさん救われてきたじゃないか。このままでは完全に音楽と無縁の暮らしになってしまう。音楽から遠ざかる毎日に危うさを感じた私がしたことは、サブスクリプション制（サブスク）の音楽配信サービスに登録することだった。以前のようにレコードやＣＤを買うことはなくなっていたが、とにかくどんな形であれ、多少なりとも音楽に貢献したかった。

ところが当初は、かつて熱中した懐かしい歌を繰り返し聴くばかりであった。最新曲も、興味がありつつ一度も耳にしたことのないアーティストの曲も、すでにＣＤが廃盤になっているアルバムも、全て定額で聴けるサブスクなのに、その甲斐もなく登録してから一年が過ぎていた。

二〇二〇年の初夏、そんな私の生活に音楽が戻ってきた。きっかけはコロナ禍の夜の散歩だった。緊急事態宣言がようやく解除されて、外出が許されるようになったものの、相変わらず大人数で集まることや遠方までの移動を避けるべきという空気が世の中を支配していた。

取材の仕事がキャンセルになってしまい、時間を持て余していた私は、部屋の中でじっとしていることに嫌気がさしていた。ふと、タモリさんが全国各地を散策するＮＨＫの人気バラエティー番組『ブラタモリ』が脳裏に浮かんだ。狭い室内に大人数で集まることや、密室となる電車の長時間移動は難しくても、ひとりや数人で散歩することなら許されるだろう。そこで私は『ブラタモリ』を真似て、これまで一度も歩いたことのない道を選んで散歩することをはじめた。

毎日お昼間に小一時間ほど、人混みを避けてのんびり散歩するうち、歩くことに心地よさを覚えるようになった。これを日々の習慣にしようと考えた私は、手はじめに足に負担の少ない、ウォーキングに適したスニーカーを新調した。まずは快適に歩くための環境を整えて、自身をやる気にさせるためであった。

それまでは日中の仕事の途中の僅かな時間に散歩をしていたが、歩くことに注力できるよう、仕事を終えた夜に時間を変えた。これまでより早めに夕食をとるようにして、食後に一万歩（距離にすると約七キロ）歩こう。まずは一週間続けようとはじめたところ、これが予想以上に面白く、すでに四ヶ月近く続いている。散策が次第に毎日の楽しみになっていき、気がつくと一万歩を超えて十キロ近く歩く日もあった。

持ちものは小銭とスマホのみ。スマホにイヤフォンを接続し、好きなアルバムを選んで歩くと、夜に埋もれた町並みがドラマチックに浮かび上がる。鼻歌まじりで足取りも軽く、好きな音楽と一緒なら先に進むことが苦にならない。いつしか歩くことと音楽を聴くことがひとつに結びつき、毎夜の散歩が待ち遠しくなった。

サブスクにはこれまでの聴取傾向から、あなたが好ましく感じるであろう音楽を予測してランダムに流してくれるレコメンド機能があると知り、どんなものかと試してみた。最初は「機械が選んだ音楽ってどうなんだろう？」と訝《いぶか》しがっていたが、おすすめしてくれる音楽はどれも私の好みをしっかり押さえたいい曲ばかりで、心底驚いた。

知っている曲、知らなかった曲、賑やかな歌、静かな音、全てが私の背中を優しく押してくれた。たとえ少し疲れてきても、音楽があるおかげでもっと先まで進めるような気持ちになる。

季節折々の香りが漂う夜の町と、音楽と、私の生活がじんわり溶け合う。帰ったらぐっすり眠ろう。明日もまたおいしいものを食べよう。一日の最後に、大好きな音楽と一緒に町を歩こう。閉塞感に満ちたコロナ禍であったが、音楽のおかげで私は日常に輝きを取り戻すことができた。

猫と富士山

ぬくぬくと温かい静岡

関西で過ごした学生時代には同郷の静岡出身者に会うことはめったになかったが、東京で仕事をはじめてからは遭遇することが多くなった。ある本を作るとき、偶然にもスタッフみな静岡生まれで始終穏やかにことが進んだ。もちろん性格の違いはあるが、静岡の県民性を表すのに温和という言葉が頻繁に用いられる。よくいえば平和主義で、裏を返せば自己主張が不得手なのだろう。嗜好が違うものが集まってなにかをおこなうときでも調和が保てるのは静岡県民の取り柄である。

静岡県清水市（現・静岡市清水区）が舞台の漫画『ちびまる子ちゃん』のどこか楽天的な登場人物たちは、静岡県民の雰囲気そのもの。物語の世界ではひとりひとりの個性が際立つけれど、みんなぬくぬくと温かい静岡らしさが滲み出ていて、似通ったものに感じるくすぐったさもありながら心からの慕わしさを覚える。

静岡県は、くるんと尾びれをまるめた金魚のような形をしている。東から西へ、東海道新幹線や東名高速道路が横断する横長の地形だ。新幹線の駅で言えば、熱海・三島・新富士が東部、静岡が中部、掛川・浜松が西部となり、富士川と大井川を境に三つの地域に区分される。日本の電気の周波数は、東日本と西日本とで異なり、その境界線となるのが富士川。その富士川は昔から東西の食文化の境目とも言われている。

江戸時代には東海道の五十三の宿場のうち、三島宿から白須賀《しらすか》宿まで二十二が現在の静岡県内におかれた。そのため旧宿場町ごと、往来した人たちの物語や名物が今も語り継がれる。徳川家康が、幼少期・壮年期・晩年と、人生の約三分の一を過ごしたのも静岡で、初夢に見て縁起がよいとされる一富士二鷹三茄子《いちふじにたかさんなすび》は、家康も好んだ駿河の国の高いものという説がある。富士は富士山、鷹は愛鷹山《あしたかやま》、茄子は江戸時代の高級品で、三保《みほ》半島の名物・折戸《おりと》茄子。生まれてこの方、どれも初夢に見たことはないけれど、初夢の縁起ものが静岡にちなむと知ってから、新年にどんな夢を見ることができるか、ぐっと楽しみになった。

富士市製のトイレットペーパー

日常でも、日本各地を旅するさなかでも、つい確かめてしまうものがある。ホテルの洗面台や喫茶店のトイレタンクの上に予備で置かれたトイレットペーパーの掛け紙だ。

たいていそれは〈ラブリー〉とか〈さわやか〉とか、かつて栄えた繁華街に残る昭和遺産のスナックのような、思わずふふふと笑みがこぼれる名。昔風の手描き書体や模様が施された意匠も味わい深い。

しかしながら、まじまじと絵柄を眺めるより先に、くるりとロールを回転させ、まず裏側へと視線を移す。どの掛け紙にも、きりりとした書体で生産元の会社名と所在地が記されており、その八割方が静岡県富士市。とりわけ旅先では、同郷の仲間と再会したような、柔和な安堵に包まれたくて、つい手を伸ばし確認してしまう。ときに、あまりに愛らしい掛け紙に出合うと、ホテルや店にお伺いを立てて、捨てられるはずだったものを一枚いただいて帰る。

新幹線が新富士駅に差しかかると、富士山の手前に何本もの煙突が現れるが、富士市は製紙工場数とトイレットペーパーの生産量が日本一。都会や旅先で不意に出合う故郷の方言や味に郷愁《きょうしゅう》へと誘われる人は多いだろうが、私の場合それがトイレットペーパーというわけである。

静岡県民らしさ

たまたま入った喫茶店の本棚に、県民性について記した本があった。私はよく京都について綴っているため京都出身だと誤解を受けることが多いが、京都には二年しか暮らしていない。私の出身地は静岡で、大学進学を機に一人暮らしをはじめるまで、富士山の麓の町で暮らしていた。

その本には、静岡県民の気性が「温暖な気候から、おっとりしていて競争心がない」と記されていた。確かに私には競争心がないけれど、それは果たして温暖な気候のためなのだろうか。

私は自分自身が満足できて、信頼する人たちから認めてもらうことを大切にしている。順位をつけることにも、つけられることにも全く興味がない。競争心がないと言われれば、その通りなのかもしれない。

小学生のとき、マラソン大会で十一位をとって先生に責められたことがあった。十一位というのはクラスの女子の中で一番いい順位で、決して咎《とが》められるような結果ではなかった。

その理由は明確だった。全校生徒の前で表彰され、賞状をもらえるのは十位までだったのだ。

「ひとり抜けば賞状がもらえたのに、どうしてもうちょっと頑張れなかったの？」クラスみんなの前でそう言われた私は、その日以来、順位というものに全く興味が持てなくなってしまった。私自身としては全力で走って、持てる力以上の結果を残せて満足していた。だから、あとひとつ順位がよければ表彰されたということに、悔しさを微塵《みじん》も感じることはなかった。

失敗や後悔は大切な財産である。悲しみや痛みも同様だ。だからといって、そんな財産ばかりが増えていくのは、いかがなものだろう。それよりも私は、楽しい経験や快い記憶をたくさん集めていきたい。静岡県民らしく、ぼんやりとそんなことを考えた。

出身地は富士山

出身地を訊かれたとき、私はいつも県名ではなく「富士山です」と答えている。正確な住所で言えば、静岡県富士宮市となるのだが、実家が建つのは富士山麓のなだらかな斜面上。そのため日常生活でも坂道には随分と苦労した。徒歩でも自転車でも、北から南に下るのはたやすいが、逆になると十代の若者だって骨が折れる。中学校は特に、家から南に二キロ下ったところにあったから、帰り道は無意識ながら日常的に富士登山していたようなものだ。

実際、家のそばには地元の人がみな登山道と呼ぶ道路が五合目まで延び、車などない時代には白装束《しろしょうぞく》の登山者が行き来していたらしい。おつかいでその道沿いのスーパーへ向かうときは、真正面にそびえる富士山に向かって緩い坂を登る。このままこの道をずっと進めば、あのてっぺんから私が今いるこの場所を見下ろせるのだろうか。幼心に幾度か、富士山の頂上からこちらに向かって手を振る自分の姿を想像してみたけれど、実際に富士登山してみようという冒険心はいつも数分で途絶え、未だ登頂したことがない。

富士山はいつでも私のすぐ隣にあった。子ども部屋の窓から見えるのは、額縁の中の絵画でなく、現実の富士山の景色。空気が透き通った夏の夜は、登山者が手に持つ灯りがゆっくり天に向かうのが見えたほど。朝は窓の外を眺め、富士山が頭に雲の帽子をかぶっていれば今日は雨だと、天気予報の手立てにもなった。

通っていた小学校は富士見小学校というが、文字通り運動場の正面に富士山がそびえる。同じ名は全国にいくつもあるそうだが「富士山に一番近い富士見小の児童として大きな志を持つように」と、ことあるごと大人たちに説かれたものだ。

雲ひとつない晴天の東京で、吉祥寺に向かう中央線の中、窓の外を眺めていたところ、ビルや家がひしめく彼方、ぽっかり宙に浮かんだような富士山を視界にとらえた。東京からも、こんなにくっきり見えるのかと感慨に耽るも、私以外誰も気がついていない。車中のみんなに「見て、富士山！」と教えたい衝動にかられたが、じっと堪えた。私はあの麓で生まれたの。私の家はあの下の方。大きな郷愁にきゅっと包まれながら、心の中でそっと唱えた。

父の俳句

ひぐらしや　ピアノの上が　好きな猫　　遊糸《ゆうし》

ときどき愛猫のビドを連れて、静岡の実家に帰る。今年の夏もビドと新幹線に乗った。ビドはいつも、猫用キャリーバッグの中でじっと静かにいい子でいてくれる。

正月にビドは、母の大事な生け花用の花瓶を割ってしまった。割れた音にびっくりしたのか、机の下に隠れてしばらくこちらの様子を窺《うかが》っていた。母はビドを叱ることはなかったが、代わりに私が謝った。子どもの頃、家族の前では素直になれず、意地っ張りだった私に、母は優しく微笑んでくれた。

小学二年生の頃、仔犬を拾って帰ったら父に怒られ、泣きながら公園に戻ったことがある。その記憶があったから、ずっと父は動物が苦手なのだと思っていた。

あとからわかったのだが、子どもたちが命の重さや責任をしっかり理解できるときまで、無責任に動物を迎え入れてはいけないと父は考えていたようだ。そうして父も今はビドに「おい、猫ちゃん。よく来たね」と楽しそうに話しかけている。

はじまりに書いた俳句は、父が詠んだものだ。遊糸とは父の俳号。ビドは、静岡の家では必ずピアノの上で眠る。私も以前、ビドを詩に書いたことがあるが、その中にもピアノが登場している。父の俳句はまるで、私が娘であることの印のようである。ロマンスを愛する私の心は、父親譲りだ。

父からの手紙にはいつも、最後に季節の一句が添えられている。今日届いた手紙にはこんな句が綴られていた。

　母はいま　少女のこころ　小鳥来る　　　遊糸

祖母はいろいろなことを忘れてしまって、今やっと陽炎《かげろう》のようにただ生きることに時間を費やしている。

猫と甥と富士山

私の周りには猫好きが多い。あくまでも私個人のそう広くない人間関係に限った話なのだけれど、そんな猫好きたちはどこか少し変わっている。のんびり屋だったり、無口だったり、猫づき合いはなんともないのに人見知りで人づき合いが苦手だったりする。几帳面でこだわりがあり、厳しそうな雰囲気を纏っているのに、猫の話題になると急に顔も声もふにゃふにゃとすっかり緩んでしまう人もいる。

どこか少し変わっているというのは、親愛を込めた最上級の褒め言葉である。不器用さを併《あわ》せ持ちながらも、自分だけの価値や歩幅を貫く、猫のように魅力的な人ばかりだ。猫のような人が猫を好きになるのか、猫好きな人はどこか猫に似ている。猫はたいてい、孤独を愛する寂しがり屋だ。猫好きには一見孤高に見えて、実は愛情深い人が多いように思う。そして私たちは普段は自由奔放《ほんぽう》に過ごしながら、不意に甘えてきたりする猫の性分に強く心を奪われる。

いつだったか、ベッドに伏せて泣いたことがあった。大人になると声を出して泣くこともできず、溢れる涙をひたすらシーツに押しつけた。すると愛猫・ビドがトンとベッドに飛び乗り、頭の上から私の顔を覗き込んできた。

「人間が泣く姿、面白いの？」こちらも顔を覗き返すと、ぺろぺろと涙をなめてくる。

「ねえ、早くごはんの時間にしようよ」お腹が空いた合図だったのかもしれない。それでも言葉なく寄り添ってくれる猫の姿に、泣いている場合じゃないなあと目が覚める。どんより曇った世界から、明るい方へ救い出してくれた。

それからも気持ちが沈んでしまったとき、猫は静かに手を貸してくれた。グーピーと寝息を立てて眠る様子や、空を掴《つか》んで遊ぶ気まぐれな仕草、小さな呼吸を感じるだけで、気持ちがコロンとまるくなる。猫のように、食べて、寝て、遊んで、それからまた次のことを考えればいいと思うと、張り詰めた空気もすっと緩んだ。

小学生の甥は、ビドとの距離を縮めるのに数年かかった。幼い頃は容赦《ようしゃ》なしにビドを追いかけて、シャーシャーと敵意を向けられた。

「猫はね、構おうとすると近づいてこないよ。自然にしていたら、いつの間にか隣にいるものだから」そう教えたところで、生まれて数年の子どもが猫の性質を理解できないのも仕方がない。

「僕は仲よくしたいのに、どうしていつも逃げるの？」と怒って、すねて泣きじゃくる。ところが甥が小学生になり、むやみにビドを追いかけることがなくなると、ふたりの関係はたちまち親密になった。夏休みがやってくると、山口で暮らす甥と東京で暮らすビドは、富士山の麓《ふもと》の私の実家で落ち合い、ぴたりと寄り添い一日を過ごす。甥がひとりで本を読んでいると、ビドは小さな膝の上で寝転び、ゴロゴロと喉《のど》を鳴らす。夜は寝相が悪い甥の腕枕を追いかけるように、ビドも布団の中を転がった。

だから、十九歳になるビドが天国へ旅立ったことを伝えると、甥は電話越しに泣きじゃくり、そのあとしばらく押入れに閉じこもってしまったそうだ。押入れからは「なんで、なんで、なんで」という声が聞こえてきたという。

私の姉は、甥が安心して押入れから出られるよう「うちでも猫飼っていいよ」と約束するも、甥はビドじゃなきゃ嫌だと言って、未だ猫を飼おうとしない。


また夏休みがやってきた。

甥と一緒に私は、実家の庭にビドのお墓を作った。甥は歯をくいしばり、一生懸命に涙を流すのを堪《こら》えていた。そんな姿がいじらしくて、私も笑顔で「お墓ができてよかったね」とビドに伝えることができた。

その日の午後、外出があまり好きではない甥を、富士山がよく見える展望台へと連れ出した。いつものように、すぐ家に帰りたいとぐずるだろうと覚悟していたが、眼前の大きな富士山を見た甥が機嫌よく言った。

「高いところに来ると、ビドに近いところにいる気がする。だから富士山のてっぺんはもっと近い気がするんだ。いつか富士山に登ってみたいなあ」

「ビドのこと好き？」こう尋ねると「もちろん大好きだよ。今も友達やもん」という力強い言葉が返ってきた。そうか、今も友達か。甥も私も、大切な猫がいなくなった現実を受け止め、乗り越えようとしている。

猫好きの甥は、日頃から猫の真似をよくしていたが、この頃は真似でなく、何気ない仕草や行動が猫によく似てきた。マイペースでこだわりが強く、人づき合いが苦手で少し変わっているけれど、心の優しい素直な少年に成長した。いつか一緒に、富士山に登ろう。

眠る猫

十九年をともに過ごした愛猫・ビドが旅立った夜、水の中に横たわり、静かに眠りにつく夢を見た。少しずつ意識は遠のきながらも、呼吸はゆっくり深く、熟睡時のように心地いい。ふんわり身体を包む泡の中、私の体はもうすぐこの世界から消えるのだと気づく。しかし不思議と心は穏やかだ。頭上の水面はまぶしく輝き、光の先に家族や友人の気配を感じる。大好きな人たちに見守られているとわかると、妙に安心できた。

「最期のときは、案外怖くないものなんだな。むしろ温かな気持ちで胸がいっぱい。みんなにも、私は幸せだったと伝わりますように」そう願ったところで目が覚めた。

日付が変わる少し前に父から電話があった。着信画面を見ただけでビドの永眠を悟ったのは、もう何日も水さえ受けつけないほど衰弱していたからだった。

「今、ビドが旅立ちました」

日中ずっと一緒にいられない私は、ビドを両親に託し、しばらく実家のある静岡と東京を行き来していた。しかし東京にいる間に別れのときが訪れた。覚悟はしていたものの、最期にそばにいられなかったことを悔やんだが、ビドが息を引き取る瞬間まで、父も母も名前を呼び続けてくれたと聞いて私は少し安堵した。

もう電車も動いていない時間だから、今夜は早く寝て明日早くビドに会いに行こう。そう思いながら眠りについてあの夢を見た。見えない世界に向けて旅に出る途中、東京の私の部屋に立ち寄ってくれたビドが、泣きながら眠る私の身体に潜り込み、気持ちを伝え慰《なぐさ》めてくれたのかもしれない。

静岡でビドの葬儀を終えてまた東京へ戻ったあと、父からメールで俳句が届いた。

思ひ出を　のこし逝く猫　冬銀河　　遊糸

愛猫の　遺骨の軽し　雪の富士　　遊糸

実家に預けたこの二年で、ビドはすっかり父に懐いた。父の膝はビドの枕、ビドは父の湯たんぽだった。長期休暇には小学生の甥が実家にやって来て、ビドにぴったり寄り添い、ふたり仲よく過ごした。甥も祖父を手本に猫の俳句を詠み、句を書いた手帳を広げてビドに見せた。猫に小判ならぬ、猫に俳句だ。そ知らぬ顔で舟を漕ぎ出すビドの姿に、甥が一句ひねる。

春ごたつ　いびきをかいて　猫眠る

しばらく落ち込んでいた甥が、雌《めす》の仔猫を飼いはじめた。名前は『更級《さらしな》日記』で侍従《じじゅう》の娘が猫に生まれ変わる話にちなみ〈大納言《だいなごん》の姫君《ひめぎみ》〉、通称・だい。彼から新たな猫の俳句が届けられることが、今は楽しみで仕方がない。

好き

好き、が詰まったスケッチブック

子どもの頃から私の心の奥底に、劣等感という塊がどっしりと鎮座していた。容姿・性格・学力・名前、他の人からすればなんでもないようなことでも、引け目を感じて悲しくなる。あの子に生まれてきたかったと、いつも誰かのことを羨ましく思っていた。

歌を歌うのも絵を描くのも下手。夏休みに提出した図工の宿題を、幼児の絵のようだと笑われてから、絵筆を持つのも苦手になった。そんな中、重々しい気持ちを忘れ、楽しみを見出すことができたのが読書や国語の授業だった。

小学三年生の頃、友達と子ども会でもらったお揃いのスケッチブックに絵を描いて遊ぶことになった。そのときも上手に描ける気がしなくて、とうとう白いままのスケッチブックを抱えて家に帰ってしまった。自分の部屋でひとりになると、とてもやるせなく淋しい気持ちが押し寄せてきた。

「漢字の宿題をしなくては」そんなことを考えながら、何気なくスケッチブックに〈あおいそらしろいくも〉と、宿題で出ているのとは違う文字を書き込んでいた。小学一年生の国語の教科書で習い、家族の前で得意気に暗唱してみせた詩の中の言葉だ。弾みがついて、音楽の時間に習った歌とテレビで聴いた歌の歌詞を書いた。するとだんだんと楽しくなってきて〈まるいりんご・まるい月・まるいホットケーキ〉と、ときどき祖母としていた連想ゲームを再現して、頭に浮かんだ言葉を続けざまにつらつらと書き綴った。

それからというもの、スケッチブックに絵ではなく言葉を書いてひとり遊びをするようになった。架空の物語の登場人物やお店の名前を考えて書き溜めておくこともあれば、辞書から好きな単語を書き写すだけのときもあった。小学生らしい取り留めのない言葉ばかりだったけれど、少しずつ自分らしい表現を発見し、言葉を書くことの楽しさを覚えていった。なにより、スケッチブックに言葉を書いていると、曇った気持ちがすっきり晴れた。

中学・高校と歳を重ねていくうちに、スケッチブックは鍵のついたノートへと変わり、何気ない言葉は秘めたる出来事や恋の詩に変わっていった。ところがだ、大学受験を前に今までの自分から変わらなければと、言葉をノートに綴ることを止め、いつしかスケッチブックの存在を忘れ去っていった。

それから数年が経ち、間もなく大学卒業という頃、これまでの二十数年でかつてないほどの不安や苛立ちにぎゅっと押しつぶされそうな日々を送っていた。仕事も定まらず、これから待ち受ける未来が怖くて仕方がなかった。

毎日メソメソ泣きながら、早くこの暗闇から抜け出したいと、悩んでもがいて出口を探した。そんな中、ふとよみがえってきたのが、十代の頃のスケッチブックの記憶。無為に言葉を綴る楽しみを思い出し、すぐさまお気に入りの雑貨店へ出かけてスケッチブックを買い求めた。その瞬間ぱっと目の前が明るく開けたような気がした。

「そうだ、言葉を通して、好きなことや愛らしいと思うものを集めてみよう。部屋の中でただ不安を募らせるだけの毎日は、今日でおしまいにしよう」

言葉を書くことならば、紙とペンがあればいつでもどこでもできるし、お金もかからない。誰に気兼ねすることもなくいくらでも蒐集できるし、いつでも自分のそばに置いておける。なんて素敵な思いつきだろうと、私は家路を急いだ。

そうして自分の部屋でスケッチブックを開き、勢いよく最初のページを小さな文字でぎっしり埋め尽くした。好きな本。好きな景色。好きな色。好きな歌。ほしいけれど手が届かないもの。憧れ。胸をときめかせる愛らしいもの。嬉しい気持ち。恋する気持ち。知っていること。知らないこと。知りたいこと。

このスケッチブックを自分が好きな言葉で全部埋めることができたら、きっとなにかが変わるはず。半分は根拠のない思い込み、もう半分は切実な願いを込めて、好きなものの採集をはじめた。

そのスケッチブックを好きノートと名づけ、思いつく限りの言葉を書き出した。思いつくことがなくなれば、また新たな好きに出合うため、町に出て辺りを見回す。意識して道を進むと、今までなにも感じなかった町並みの中に、輝くものがいくつもあることに気がついた。古びた看板、昔ながらの食堂や喫茶店、タクシーやバスの配色。町は琴線に触れるものや人で溢れていたではないか。それからどんどん欲が出て、次の日は電車に乗って隣の町へ出かけた。そこにも、今まで見過ごしていた好きなものがいたるところに溢れていた。

好きを探して、好意を抱いた様々なものやことを書き込むたびに、私の世界はみるみる広がっていった。そうしてスケッチブックも終わりに近づいたとき、私にはこんなにたくさんの好きなものがあると、前より自信を持つことができた。好きがむくむくと膨らむにつれ、あんなことがしたい、こんな明日を迎えたいという希望が湧いて、これからの自分や進むべき道のために、今すべきことがはっきりと輪郭を現しはじめた。

好きなものを採集するようになって一番変わったのは、加点法で世界を見渡せるようになったことだ。町も人も食べものも雑貨も、どんなものでも、なにかと向き合うときには、そこに必ず光があると信じるようになった。先入観を持たず、平たい気持ちで見つめたり感じたり探ったり、いくつかの角度から触れてみる。土地柄や人柄、背景や道筋が見えてくれば、ちょっとしたクセだって味わいや個性ととらえられるようになる。

行きたい場所や食べたいものなど、インターネットで検索すればすぐさま仔細を知ることができる便利な世になった。それと同時に、自分自身が実際に体験して感じる前に、平均値化された星の数を通して、知らない誰かがつけた評価が目に入ることも多い。

それは便利な道標ではあるが、本当に大事なのは、自分の心で好きだと感じて慈《いつく》しむこと。誰かがつけた星の数を信じるより、自分の星を探して日々を過ごす方がずっと楽しい。身近にある様々なものやことを、自分の尺度や価値観で感受するうち、他を否定する時間が惜しくなり、自身の中に輝く星がどんどん増えていくだろう。

モーリス・メーテルリンクの童話『青い鳥』に登場する幸せの青い鳥のように、詩的な景色や言葉、ドラマチックな出来事は、全ての人のすぐそばに、平等にあると信じている。それに気づけるかどうかは自分の心持ち次第。こんなふうに考えるようになったのも、やっぱり好きノートのおかげと言える。

好きという感情で毎日が満たされるようになって私はやっと、他人と自分を比べながら生きること、自分自身を悲観する劣等感から解放され、自らの足で一歩を踏み出すことができた。

あれから十数年が過ぎ、日常的にスケッチブックに書き込むことはなくなったけれども、相変わらず好きという気持ちの蒐集を続けている。旅が好き。散歩が好き。手紙を書くことが好き。お菓子が好き。お菓子の包み紙も好き。おいしくお酒を飲むのが好き。歴史ある建物が好き。旅先で出会うおばあちゃんたちの洋服を眺めるのが好き。誰かを想っておみやげを選ぶのが好き。忘れてしまったことを、思い出してみようと過去に意識を傾けるのも好き。

もちろんまだ、劣等感の塊は心の奥底に潜んでいるし、不意に顔を覗かせる日もある。それでも、もう大丈夫。たくさんの好きが私の胸をときめかせ、劣等感をピンク色のベールで包み込んでくれる。

好きな言葉を持ち歩く

好きの蒐集とともに、もうひとつ私が人知れずしていることがある。それは小さな紙片に気に入った言葉を書き写し、文庫本サイズの手帳に挟んで持ち歩くことだ。花柄の菓子箱の中に言葉を記した紙片を重ね置き、洋服を着替えるように、言葉も日ごとに選んでいる。どれも強く胸を打たれて書き写したものなのに、その日の気持ちに響く言葉が常に違っているのが面白い。

恋する気持ちを掬い上げたくすぐったい言葉を選ぶこともあれば、花や空や月の儚《はかな》い美しさを描いた言葉を愛でたい日もある。気配や温度を感じられる景色や季節を写した言葉を持って外に出ると、慕《した》わしい誰かに守られているような気持ちになり、そっと自信が湧いてくる。

毎朝、自分で選んだ言葉は、その日の自分を写す鏡でもあり、臆病な心を消し去ってくれるお守りでもある。そうしてその言葉と向き合ううちに、形のない言葉たちが、瑞々しく私の心の中で跳ね回る。

自分で書いた言葉の紙の他に必ず持ち歩いているのが、そのときどきに読んでいる本。そうして必ず本と一緒に、付箋《ふせん》をカバンに忍ばせ、心に留まる言葉に出合えば、ぱぱっと印をつけていく。その付箋は、移動の電車で読書したとき、家に帰って気になった言葉を再びなぞるのに役に立つ。そこからまた好きな言葉を紙に書き写し、花柄の菓子箱にそっと収める。

本棚を整理していると、細長く手でちぎったギザギザの紙片がぴょこんと飛び出した本が何冊も顔を出す。私が学生だった頃はまだ付箋が普及していなかったから、プリントやノートの隅をちぎって、好きな言葉が書かれたページに挟んでいたのだ。そのひとつから、文字も紙も不格好なメモを見つけた。授業を受けながら、図書館で借りた小説をこっそり読んでいたときに登場人物の印象的な台詞を記したものだ。授業の内容はひとつも覚えていないけれど、あの日に書き写した言葉は、今もはっきりと私の記憶に残っていた。

十年後の私たちへ

小学三年生のとき、幼馴染みに交換日記をしようと持ちかけたのは、四歳違いの姉が友達と共有していた鍵のついたノートが羨ましかったからだった。記念すべき交換日記の一冊目はふたりが大好きだった少女漫画雑誌『りぼん』の付録の「ときめきトゥナイト」のノート。家族や他の友達には知られてはいけない、自分たちだけの秘密を抱えたようで、妙に胸が高鳴った。

とはいえ、小学生の日常に大したことが起こるでもなく、最初のうちはお互いにとりとめのない夢や約束を簡単な文にするだけ。それでも週に幾度か回って来る交換日記に、そのときどきの出来事や気持ちをつれづれに綴るうち、書くことの楽しみを次第に感じるようになった。

それから高校生になるまで、私は誰かしらと交換日記を続けた。年を重ね、書き記す事柄は次第に、今の恋と未来の夢に染まっていった。

中学卒業前、交換日記の最後のページに私が記したのは〈十年後の私たちへ〉と題した、いつかの自分たちに宛てた手紙。あのとき書いた友情の誓いと未来予想図を、私は今でも空で唱えることができる。

愛すべき店は隙だらけ

長い月日や店主の気だて、訪れる人の愛情が、独特の佇まいとなって滲む店や宿を好ましく思う。テレビや雑誌で紹介された。最新設備が整っている。行列ができる話題の店。どの謳《うた》い文句も、聞けばそうかと受け止めるが、それが行きたい理由になりはしない。その感性に惚れ込んだ、敬愛する作家が小説や随筆の中に書いていた、となるとまた話は別なのだが、それでも最後の善し悪しは自分の基準や好みで判断する。

一般的には、味や接客がよく清潔感があることがいい店の基本的な条件なのだろう。けれども私がこよなく愛する中には、こうした基準にぴったりとはまりきらない個性を持つ店が多い。醸《かも》し出す雰囲気が自分の嗜好《しこう》に合い、琴線に触れるなにかがあれば、大きく胸が高鳴る。

週刊誌やレコードが客席の周りを雑然と埋め尽くし、決して綺麗とは形容しがたいけれど、気心の知れた友人の家で寛いでいるような居心地のよさを抱く洋食屋。コーヒー一杯が運ばれてくるまでに、一時間近く待たねばならない高齢の店主が営む昔ながらの喫茶店。珍しい日本酒が置いてあるわけでもなく、どちらかといえば無愛想な店主が切り盛りする、町はずれの居酒屋。備品は最低限で娯楽施設もなく、ルームサービスは早い時間に終了するクラシックホテル。タイムマシンに乗ってやって来たような昔懐かしい看板や、時代に取り残されながらけなげに動き続けるゲーム機がある旅館。いつでも店主が居眠りしている古本屋。間口は狭いけれど、また訪れたいと思う店が、私にはいくつもある。

好きな店の基準は、その人が持つ価値観に通じるが、そういう意味で私は完璧なものではなく、どこかに隙があるものを好ましく感じる性質《たち》なのだろう。

自分だけの縁起事

もうすぐ冬休みを控えた小学四年生の国語の授業中、自分たちが暮らす静岡県が駿河《するが》の国と呼ばれていた昔から伝わる一富士二鷹三茄子という句を教えてもらった。

「毎日あなたたちが見上げている富士山が、元日の夜に見る初夢に出てきたら、いいことが起きると信じられているのよ」

先生の言葉に胸がときめき、友達と顔を見合わせ微笑み合った。ちょうどその頃、「夜眠るとき、枕の下に好きな子の名前を書いた紙を忍ばせれば、その人が夢に現れる」というおまじないが教室で大流行していたからだ。

それから数週間が過ぎた元日の朝、子ども部屋の窓から、脳裏にくっきり焼きつけるため、澄んだ空気の中に端麗《たんれい》な姿でそびえる富士山をしかと見つめた。あれだけ長い時間かけてその形を覚えたのだから、きっと今夜、夢に富士山が出てきてくれるはず。そんな無邪気な期待を抱きながら眠りについた。

一月二日、目が覚めてすぐ気を落としたのは言うまでもない。願ったとおり夢を見ることができる人などそうそういないだろう。鷹や茄子はもちろん、富士山の気配さえ夢には出てこなかった。それ以前に、目覚めた瞬間、それまで見ていた夢さえうろ覚えだった。初夢を見られるのは年に一度だけ、次の機会は一年後だ。これから長い時間を過ごさなければ再挑戦できないなあと、肩を落とした。けれども立ち直りも早く、すぐに思いを切り替えた。

「そうだ。いいことが起きる、自分だけのげん担《かつ》ぎを作ってしまおう」

最初に私が思いついたのは、登校途中に牛乳屋の白いトラックとすれ違った日はいいことが起こるというもの。実のところ、三日に一度は顔馴染みの牛乳屋のおばさんが運転する白いトラックに遭遇していたので、さして特別でも珍しくもない。しかし、嬉しい予感は少しでも多い方がいいと、小学生なりの知恵を働かせて、高い確立で叶う自分だけの縁起事を定めた。

中学校に入ってからも自分だけのげん担ぎは続き、それは大人になった今でも続いている。必ず靴は右足から履く、といったスポーツ選手がする願掛けのように、必ず毎日実践するほど大層なものではなく、もっと偶然性に委ねた、ささやかな事柄ばかりである。

家を出て最初の信号が青の日、行きつけの喫茶店のお気に入りの席が空いている日、キムラヤのパンが描かれたトラックとすれ違った日はいいことがある。こんなふうに、起こりうる可能性が高い出来事をあえて選びながら、いくつかのことでげんを担いでいる。本当は、なにかいいことが起こりそうな嬉しい予感を毎日のように感じたいけれど、不確実だからこそそれを待つ楽しみがあるのだろう。

三つのケーキ

運送会社のおじさまが仕事場まで荷物を届けにきてくれた。昼間は若い配達員だけれど、夜間配達はちょっとお年を召したおじさまがやってくる。玄関を開けて受け取りのサインをしていたところ「これ猫だよね？　かわいいなっていつも思っているんだよ」とおじさまが笑顔で言った。なにかと思えば、アトリエの玄関先に山積みされたぬいぐるみを指差しており、興味津々の様子だ。

それは私の愛猫・ビドをキャラクター化したぬいぐるみで、犬や熊と間違われることも多い。おじさまに猫と言ってもらえたことが嬉しくて「そうです。猫です！」と私も満面の笑みで返した。おじさまは「かわいいね」と言いながら最後にもう一度ぬいぐるみに視線を送り、にこやかに立ち去っていった。

京都で暮らしていた二十代前半の頃は、平日は毎日十六時まで小さな出版社で働き、それが終わると祇園まで自転車を飛ばして、十六時半から料亭でアルバイトをしていた。そのため、十五時前には集荷依頼の電話をかけるのが習慣になっていた。

そのときの運送業者の担当も、私と同じ年の娘がいるという年輩のおじさまだった。特別に多くの言葉を交わすわけではなかったけれど、一年以上毎日のように顔を合わせていたから、自然とお互いの日々の様子を感じ合うようになっていた。「忙しそうだね」とか「今日はのんびりみたいでいいね」など、いつも帰り際に一言だけ残して去っていくおじさま。ここはなんの事務所で、この荷物の中身はなんなのか、詳しく説明しなくても全ての事情をわかっているようだった。

ある日、おじさまが「いつも頑張っているからね」と言いながら、ケーキが三つ入った箱を持ってきてくれたことがある。本当は前日にも持ってきたけれどあいにく留守だったので、一日運送会社の冷蔵庫に入れておいたのだと言う。

「会社の冷蔵庫に食べ物を入れておくと仕事仲間が勝手に食べちゃうから『絶対に食べないでください』って箱に貼り紙をしておいたんだよ。トラックに積んでいたから、崩れているかもしれないけど」とおじさまはいつもより口数が多い。そして照れたように「食べても食べなくてもいいんだけどね」と言いながら、そっと箱を手渡してくれた。箱を開けるとおじさまが心配していた通り、てっぺんの飾りが少し崩れてしまっていた。しかしそんなことは一切気にならず、少しだけいびつな三つのケーキが光輝いて見えた。

今でも時折、三つのケーキの味と、おじさまの優しい笑顔を思い出すことがある。あのときのケーキがどれほどおいしかったことか。名前も忘れてしまったけれど、京都修行時代を思い返すと必ず脳裏に浮かんでくる、忘れえぬ人のひとりだ。

小さなお友達

私の小さなお友達に、三歳のことちゃんという女の子がいる。今日ことちゃんのお母さんから手紙が届いた。最近ことちゃんは春夏秋冬の順番を覚えたそうだ。春は最初の季節だからなにかいいことが起こるはずと、毎日のように「早く春にならないかな」と話していると手紙に書かれていた。明日から取材のため赴く京都からことちゃんに宛てて「春はもうそこまできているよ」と返事を書こうと思う。

昨晩は三歳になる姪《めい》のあまねちゃんと電話で話をした。あまねちゃんはいつでも私に「にゃんこは？」と尋ねる。にゃんことは愛猫のビドのこと。明日から仕事でしばらく京都に滞在するため、私はビドを預けていた。それをあまねちゃんに伝えるために「にゃんこは今、保育園よ」と言ったのだが、どうもよくわからないようで「どうしておうちにいないの?」という言葉が返ってきた。

新しいことを知る喜び、わからないことを正直に尋ねることができる素直さ。

そうした純粋な心を、大人になった私は忘れかけていた。多少の知恵や知識がついた分、知らないこと、わからないことがあるのは、恥ずべきことだと思うようになっていた。私は小さなお友達との何気ない会話から日々、大切なことをたくさん教えてもらっている。

絵心

お正月に実家に帰ると、父と四歳の姪が一緒にお絵描きをして遊んでいた。お絵描き帳を覗き込んで、私は唖然《あぜん》とした。そこには四歳の子どもが描いたにしては上手すぎる、しかしながら恐ろしすぎる人物画があった。父が描いたものだろうと予想はできたけれど、どうして姪は泣き出さないのだろうかと思うほど、それはそれは恐ろしい形相だった。楳図《うめず》かずおの漫画に登場する、恐怖に絶叫する女性のようにしか見えない。

父が描いたであろう恐ろしい絵を指差して、姪にこっそりと「これはなに?」と訊くと「これはね、シンデレラ」と答えた。確かに目をこらすと、文字を覚えたての姪の字で「しんでれらひめ」と書いてある。

以前、ある雑誌の仕事で私が描いたラフ画が友人の間で波紋を呼んだことがあった。そのときは「下手を通り越して怖いよ」と言われてすっかり落ち込んでしまったが、父が描いた絵を見た私は安堵を覚えた。絵心がないのは努力が足りないのではなく遺伝であって、生まれつきなのだ。そして私は、自分にない才能を素直に認めることができた。ないものをどうにかしようと努力するよりも、可能性のあることに時間を費やしていこうと思った。

四月を前に

この四月に小学一年生になる姪に入学祝いを贈った。中身はリクエストに答えて、サンリオキャラクターの文房具と遠足用品の詰め合わせ。

「みいちゃん、届いたよ。ありがとう」と姪から電話があった。

「お正月にお風呂で『友だち百人できるかな』って一緒に歌ったよね」

友達のように、他愛もないおしゃべりをして電話を切った。

姪は心から百人の友達をつくろうと思っている。私は「友達って百人もいらないのよ」なんて、大人気ないことを思いながらも、本当は六歳の女の子のまっさらな気持ちが羨ましかった。

一点の曇りもない姪の言葉を聞いて、禁煙や禁酒をするみたいに、なにかひとつやめてみようと思った。なくていいもの。ない方がいいもの。あれこれ考えて、私は愚痴《ぐち》をやめることに決めた。断愚痴をはじめて一週間が経ったが、なにひとつ不便も不満も感じない。愚痴を言わなくても、人は生きていけるようだ。

本当にすごい人

イラストレーターの原田治《おさむ》さんが主宰するギャラリーで開催していた洋画家・川端実《かわばたみのる》さんの作品展へ赴く。川端さんはかつて自宅のアトリエで子どものための絵画教室を開いていて、原田治さんも七歳から通っていたそうだ。

アクリル絵具で描かれた二メートルを超す大きな作品が、額装されずそのままの姿で飾られていた。絵と自分の間を隔てるものがなにもない空間で、しかも自然光の下で鑑賞することができた。原画でしか味わえない質感と色を、さまざまな距離感と角度で眺める。生命力に溢れる作品はいずれも、川端さんが八十代のときに描いたものだと聞いてとても驚いた。

「川端氏は晩年になればなるほど、派手な色を好み、溌溂《はつらつ》とした絵を描いたんですよ」とその場にいた原田さんが独り言のように呟《つぶや》いた。

原田治さんは雑誌・書籍・広告をはじめ幅広い分野で大活躍しているイラストレーター界の巨匠のひとり。誰もが一度は目にしたことのある、カルビーのポテトチップスのパッケージに描かれたジャガイモのキャラクターも原田さんが手がけたものだ。

青春時代、私は原田さんのイラストレーションがプリントされたオサムグッズと呼ばれる文房具や日用品を愛用していた。ミスタードーナツでドーナツを買うともらえるオサムグッズのお弁当箱やプレートがどうしてもほしくて、両親にお願いして隣町にある店舗まで連れていってもらったことも数知れない。

その日、会場に原田治さんがいらっしゃることを事前に聞いていたから、カバンの中に学生時代から愛用しているオサムグッズのシャープペンシルを忍ばせていた。原田さんとお話しできる機会が訪れたものの、ご本人を目の前にして「子どもの頃からファンです」とは言い出すことができなかった。

私が話したイラストレーションに関するある事柄について興味を示してくれた原田さんは「もうすぐ休憩時間だから、あとで面白い話をしてあげるね」と言ってくれた。そのときに語ってくれた内容はとても興味深く、私が仕事をしていく上で大切な本質を教えてくれているようだった。

　これまで何度か、子どもの頃から憧れている人にお会いする機会に恵まれた。私が小さい頃から今にいたるまで、ずっと第一線で活躍している人はみな、期待を裏切らず素晴らしい人格の持ち主だ。実際にお会いして、さらなる偉大な存在となるばかり。簡単に言ってしまえば、すごい人は本当にすごいのだ。

　原田さんも違わず、親子以上に年の離れた私のような者にも、礼節を持って真摯に接してくれた。とても紳士的で優しく、探究心に富んだ魅力溢れる人だった。すごい人はみな、簡単に忙しいと口にはしない。自慢をしない。むしろ、ちょっと自信なさげだったりする。けれども意思は強く、しっかりとした芯が一本通っている。安易に他人を否定しないが、誰彼とむやみに肯定することもしない。私はそんな人を偉大だと思うし、心から尊敬している。私はまだ、すごい人の足元にも到底及ばないけれど、少しでも近づきたいと思う。まずは、忙しいと口にしないでいようと心に誓った。

大人になれば

子どもの頃に思い描いていた大人と、今の私はかけ離れている。大人になれば悩みなんてなくなるし、くよくよせずにいられると思っていたが、それは大きな間違いであった。でんと構えて、なにがあっても揺るがない。幼い頃はそれが大人だと疑わずにいた。しかし実際に大人になり、ようやく気がついた。人間だもの、揺るがないわけがないのだ。

いくつになっても悩みは尽きないが、それを乗り越えるための知恵のようなものは多少身についた。そして、悩みの種となる事柄をでき得る限り回避するため、さまざまな策を事前に講じることが少しだけできるようになった。ただ、それだけのこと。

くよくよと内省する日もあれば、喜びで浮かれる日もある。明日が楽しみでなかなか寝付けないこともあれば、小さなことが気になって眠れない夜もある。若い頃と比べて成長した部分もあるけれど、十代から全く変わらないところもたくさんある。子どもの頃に思い描いていた大人とは随分違う自分になったけれど、それが実は心地よくもある。

大人になったら好きなように生きられる。夜更かししても、たとえ真夜中にお菓子を食べたって叱《しか》られることはない。幼い時分の私は、それは大人だけに許された特権だと憧れたことがあった。

ある日、真夜中に目を覚ましたときにふと、そんな子どもの頃の記憶を思い出したことがある。今こそ憧れたそれを実践すべきときだと思った私は、ベッドから起き上がりキッチンへと向かった。

お菓子が入った箱を開けて、キッチンの片隅で硬いクッキーをポリポリとかじった。私がなりたかった大人とは、こんなふうに真夜中にお菓子を食べる人だったのだろうか？　自身のその行為に思わず笑ってしまった。

十代の頃、数歳差の人とは大きな隔たりがあるように感じていた。けれども二十代になると、人づき合いにおいて年齢が離れていることがさほど重要ではなくなった。そう心境が変化したのは、同じ感覚と価値観を持ち、どんなことでも話ができる年上の友達ができたことがきっかけだった。

十代の頃は同世代の友達と一緒になって悩み、出口が見出せないまま堂々巡りすることもしばしばだった。しかし、さまざまな心配事を年上の友達に話すと、いつでも軽やかで明確な答えが返ってきた。年上の友達の言葉はいつでも私の心を軽くしてくれた。

今も特別に仲のいい友達は年上が多いが、そんな私に最近年下の友達が増えはじめた。それはただ、長く生きてきた証なのかもしれないが、年下の友達との交流はとても新鮮で、自然体でそれを楽しんでいる。

親子ほど年齢の離れた友達との話題は、仕事・恋愛・人間関係・音楽など多岐に渡る。過去に私も経験したことのある悩みを抱えていると「私もそんなことあったなあ」と懐かしさに目を細めることもある。相手はどう思っているかわからないけれど、年代のギャップのようなものを感じることはほとんどない。

年齢の差という揺るぎない事実はあるけれど、人づき合いにおいて上も下もない。常に同じ目線で敬意を持ってつき合える。大人になって、こんなふうに年の差など関係ない友達ができるとは思ってもみなかった。それは、大人になってよかったことのひとつである。

東京の空

中学生になり、テレビや雑誌を通して知る東京に憧れはじめた頃、〈智恵子は東京に空が無いといふ〉の出だしで知られる高村光太郎の詩「あどけない話」を読んだ。そうして、いつか必ず上京すると固い決意を抱いてからは、空のない東京でもたくましく生きていけるように、どこまでも広がる富士山の麓町の空を飽きるほど見上げて過ごした。それから何年か過ぎ、恋焦がれた東京での暮らしがようやくはじまったときには、空のことを考える余裕など全くなかった。

東京にも空はある。そう思えるようになったのは、中目黒から杉並に越してきてからだ。古いマンションの中層階にある仕事部屋の東向きの窓からは、夜になると新宿の高層ビル群の光の集合体がチカチカまたたき、毎日がクリスマスみたいだ。

一日に何度も、中央線と総武線が屋根の間を走り抜ける。ほとんど星は見つからず、いくつもの建物が視界をさえぎり、田舎よりずっと狭く感じる。けれども、杉並から見渡す窮屈そうな東京の空を、私はすっかり愛している。

この部屋に越してきて数ヶ月が過ぎたある日、窓を開け、東京の低い空を隙間なく埋め尽くす屋根やビルをぼんやりと眺めていた。ちょうど地平線となる彼方に、ひょろりと小指ほどの大きさの長い塔がそびえているのを視界にとらえた。なんだろう、あれは。

それが完成間近の東京スカイツリーであると、はたと気がついたのは翌日になってから。まさか自分の日常の風景に、東京の新名所が列することになるとは思ってもみなかった。それから、小指ほどの大きさに見える東京スカイツリーが建つ方角の空を望むのが、朝一番の習慣となった。

ときどき日の出とともに起床することがあるが、橙色《だいだいいろ》に明けゆく空と、蒼黒《そうこく》の建物群のシルエットの対比の中で、長い塔の存在はひときわ強調される。殊に空気が乾いた冬晴れの朝は、東京スカイツリーが一際美しく見える。

東京スカイツリーの内覧会へ赴く機会に恵まれたとき、母がよく嬉しそうに聞かせてくれた話を思い出した。東京タワーが完成したとき、祖父は娘たちの洋服を新調し、静岡から家族を連れて出かけたそうだ。新しいもの好きだった祖父が生きていたらどんなにか喜んで、新しい服を着て東京の新名所へ出かける私を見送ってくれたことだろう。

東京タワー竣工《しゅんこう》時より飛行機が身近になった今、空からの風景を誰しもが当たり前に見下ろせるようになった。だから、関東平野から富士山までを一望できる東京スカイツリーからの眺めも、なんとなしに想像できた。しかし、実際に目にした展望台からの眺めは想像よりもずっと壮大で、この視界の中にいくつの暮らしがあるのだろうと思いを巡らせた。それでも、はじめての東京スカイツリーで景色以上に私の記憶に残ったのは、高い塔の上で馳せた家族への思慕《しぼ》だった。

父と言葉

俳人であり、国語の教師でもあった父は、美しい日本語や、日本の自然、風土をよく知っている。そして日常的に言葉の意味、正しい漢字や文法を教えてくれた。新しいことには鈍感だけれど、日本人として知っておくべき言葉を優しく教えてくれる父を、子どもの頃から人間辞書のようだと尊敬していた。

それなのに、そんな父の娘である私は、未だ正しい日本語を習得できたとは言いがたい。日常会話では、表現したい感情や事柄にしっくりくる言葉を見つけられずに口ごもることも多いし、文章を書く仕事をしているのにもかかわらず、漢字や言い回しをたびたび間違えてしまう。

父も母も、最近では姉までもが、そのときどきの季節の移ろいや情景、心情を、季語を含んだ五七五の句で表現する。そんな家族の中で育った私はずっと、正しい言葉を話すこと、正しい文章を書くことに敏感になり、それが思うようにできず劣等感を抱いていた。

父は大学時代、角川春樹《かどかわはるき》さんと学友で、ご自宅に遊びに行ったときに、角川春樹さんの父である角川書店の創立者・角川源義《げんよし》さんから勧められて俳句をはじめたそうだ。角川文庫を夢中で読んでいた姉と私に、父はお酒を呑みながらよくそのことを楽しそうに話した。

父は学生時代、小説家になりたかったようだ。父の書庫には太宰治《だざいおさむ》と坂口安吾《さかぐちあんご》の研究書が並ぶ棚がある。子どもの頃、父の書斎が遊び場だった私は、今でも古書の匂いを嗅ぐと安心感を覚える。

就職への不安から、芸術大学の文芸学科を受験するか、総合大学の国文科を受験するか悩む私に「人間はパンと水だけでは生きていけないんだよ。芸術だって必要だ」と言って、迷いを断ち切ってくれた。よくある話かもしれないが、父が描いた夢を、娘の私に投影させていたのかもしれない。両親の応援があったから、私は文筆を生業にできている。

これまで何度も、人との関係を築く上で言葉が障害になり、上手くいかなかったことがある。だからこそ私はずっと、言葉を探そうと努力をしてきたのかもしれない。今でも言葉を話したり書いたりすることを、苦手に感じたり、畏敬《いけい》を覚えることがある。それでも私は、なにより言葉が大切だと思っているし、言葉が大好きだ。父から教えてもらった正しい言葉を使って、これらも文章を紡いでいきたい。

いつか

絵を描く人はこれまでに使った色を、楽器を演奏する人はこれまでに奏でた音階を、写真を撮る人はこれまでに収めた風景を、忘れずに覚えているのだろうか。私はこれまでに書いたことを、半分も覚えていない。いつか、一字一句記憶できるほどの言葉を書きたい。

解説　普段の暮らしの中にこそ輝くものがある　藤原康二

大学を卒業し、内定をもらった名古屋の広告会社に入社した。甲斐みのりさんとは、その会社に勤務していた頃に出会った。私はある商業施設の広告を担当していて、季節ごとのキャンペーンや施設内の装飾物を提案する仕事をしていた。ある年の館内装飾を京都で出版やグッズ制作をしているレーベルに相談したのだが、窓口となってくれたのがそこでアルバイトをしていた甲斐みのりさんだった。自身もロルという屋号で雑貨を制作するレーベルを立ち上げ、オリジナルのグッズを作り始めたばかりの頃だった。

同世代で、好きな本や音楽が似ていたことですぐに意気投合し、いつしか色々な話をするようになっていた。最初は当時流行していた渋谷系と呼ばれる音楽を話題にしていた。そこから一歩踏み込んで話をしたところ、二人とも大江千里さんや渡辺美里さんといったエピックソニーに所属していたミュージシャンをきっかけに音楽に夢中になったと知り、一気に距離が縮まったと記憶している。その頃から甲斐みのりさんは、東京に行って文筆家として一本立ちしたいという夢を持っていた。その一年後、実際に拠点を東京に移し、文筆家になるための修行を始めたという連絡があった。

大きな目標もないまま広告会社で働いていた私は、それを聞いて焦りのような気持ちを抱いた。このままぼんやり働いていたら、きっと将来後悔すると思った私は、具体的な計画もないまま七年間勤務した広告会社を辞めて、出版業の経験もないまま出版レーベル・ミルブックスを立ち上げた。ミルブックスを始めるにあたり、私は甲斐みのりさんから大きな影響を受けた。広告の仕事でご一緒することがなければ、私は今も広告業界で会社員として働いていたことだろう。いわばミルブックスを始めるきっかけを作ってくれたのが、甲斐みのりさんなのだ。

まだ駆け出しの文筆家の卵だった頃から、彼女は自身で体験したあれこれを綴ることを生業にしたいと語っていた。いつか池波正太郎のような食を記した随筆集、向田邦子・白洲正子・森茉莉のような普段の暮らしの中の何気ない楽しみを描いた随筆集のような本を作りたいと話していたことを、私はずっと記憶していた。

甲斐みのりさんは、今や約五十冊もの著書を上梓《じょうし》しており、文筆を生業にするという目標を実現した。その著書の大半は、文章とともにたくさんの写真が掲載されていて、その両者が見事に融合している。そこが多くの読者を魅了している所以《ゆえん》であると思う。

東京に引っ越してきてから私は時々寄席に行くようになり、十年ほど前からは贔屓《ひいき》の噺家《はなしか》が増え、より頻繁に通うようになった。以前から人間の本質を描いた落語の奥深さに魅了されていたが、さまざまな噺を知るにつけ、その凄みを益々感じるようになった。豊かな世界をたったひとりで見事に表現する落語から、私は大きな影響を受けた。無駄な装飾を省いたとしても、本質さえしっかりしていたら大切なことは伝えられる。そう考えるようになったことが、自身の本作りに色濃く反映されていった。

私の意識がそんなふうに変化した頃、たまたま目にした新聞に掲載されていた甲斐みのりさんの随筆を読んで、とても驚いた。甲斐みのりさんの本の魅力は、文章と写真などの視覚表現の融合にあると思っていた。しかし新聞に掲載された写真のない文字だけの随筆を読んで、実際に見たこともないはずの風景が脳内に鮮明に浮かび上がってきたのだ。それはまさに、名人の古典落語を観た時と同じ感覚であった。

そして私は、ずっと以前に甲斐みのりさんが、食や暮らしの楽しみを綴った随筆集を作りたいと話していたことを不意に思い出し、いつか文章だけの随筆集と呼ぶにふさわしい本を書いてもらいたいと考えた。

そんな矢先、世界が一変してしまう事態が発生した。未知の感染症の流行で、自由に外出することもままならない状況ではあったが、時間はたっぷりある。閉塞感が世界中に漂う今こそ随筆集を出版する時だと思った私は、すぐさま甲斐みのりさんに連絡をした。

これまで綴ってきた様々な事柄を、文章だけでしっかりと伝える随筆集を作りたい。食をテーマにした内容、暮らしをテーマにした内容の二冊を作りたい。この時間がたっぷりある日々を使って、過去の膨大な原稿から文章だけで風景が鮮明に浮かぶもの、文章だからこそより本質が伝わるものを選び出し、二冊にまとめたい。そう彼女に伝えた。

私の意図を即座に理解し、快諾してくれたのだが、ひとつだけ懸念があるという。候補作として挙げたいくつかの文章を読み返した時に、文章の未熟さがどうしても気になってしまうというのだ。私は全く未熟だとは感じなかったし、たとえそうだとしても、その若さゆえの青さも含めて魅力的だと思った。

全てをすっかり直してしまうのではなく、その時にしか書けなかった感情を詰め込んだまま、何度も推敲を重ねてくれた。そうして、膨大な文章から厳選した原稿を元に大幅な加筆・改稿を重ねて、『たべるたのしみ』と『くらすたのしみ』の掲載原稿が完成した。テーマだけ元原稿を踏襲し、全面的に書き直しをした作品も多数あるので、ほぼ書き下ろしと言っても過言ではない。

本書と同時発売される『たべるたのしみ』はタイトル通り食べることの楽しみを綴った文章をまとめたものだ。近年の甲斐みのりさんの代表作ともいえる『日本全国 地元パン』と同様、土地土地に根付いた食の裏側にある歴史を紐解いている。本書にはそれに加え、甲斐みのりさんの食への愛、そして食を通じて語られる家族や様々な人たちとの忘れられない思い出が詰まっている。いつかの日の食の記憶を思い出し、懐かしい人や風景が鮮明に呼び起こされる作品だ。

そして本書は『たべるたのしみ』にも増して、甲斐みのりさんの本質が鮮明に描かれた随筆集に仕上がった。一冊を通して、他愛ない日々が愛おしくなる、暮らしの楽しみを綴っているが、その視点はより多岐に渡っている。

愛用してきたものたちへの愛が溢れる〈くらすたのしみ〉、幼い頃から憧れた装いについて綴った〈少女遺産〉、旅で出会ったときめきのかけらを集めた〈旅の中へ〉、本から教えてもらった大切な気持ちを著した〈古本のある生活〉、いくつもの場面で救ってくれた音楽と映画の思い出を描いた〈カセットテープの記憶〉、愛猫と家族とのかけがえのない時間を語った〈猫と富士山〉、そしてなによりも大切な「好き」という気持ちを詰め込んだ〈好き〉の全七章で構成されている。

誰しも、記憶の中でずっと輝き続けるものがあるだろう。たとえそれを忘れていたとしても、本書を読み終える頃には胸の奥に眠っていた思い出が浮かび上がってきて、キラキラと光る物語として再び心に輝きを与えてくれるはずだ。そして、普段の暮らしの中にこそ輝くものがあることに気づくだろう。『くらすたのしみ』と『たべるたのしみ』に収められている随筆は甲斐みのりさんの話ではあるが、読んでくれた皆の物語なのだ。

以下頁は下記掲載の原稿を元に大幅加筆し、再構成した。

p12-22,48-52,96-97,108-109 『衣・食・住 暮らしの雑貨帖　ずっと愛したい、わたしのお気に入り』（マイナビ出版） 2013年
p23-25,39-45,53-59,92-95 『日々の宝もの』（studio CLIP） 2014年
p26-27,110,117-118,146-147,211-212 『Lmagazine』（京阪神エルマガジン社） 2007-2008年
p28-38,209-210,213-217 『好き・のち・しあわせ　毎日を「お気に入り」で満たす』（サンマーク出版） 2009年
p31-34,202-208 『PHPスペシャル』（PHP研究所） 2012,2018年
p60-62 『神戸ロマンチック案内』（マーブルトロン） 2010年
p64-76 『大人で可愛いナチュラル服』（主婦の友社） 2013年
p80-89 『COLLAGE JOURNAL』 2015年
p119-126 『暮らしノオト』（北欧、暮らしの道具店） 2017年
p127-129,234-236 『東京ロマンチック案内』（マーブルトロン） 2012年
p130-135,158-160,165-166,182-183,189-190,218-229,237-239 『ジャーナル』（ミルブックス） 2008年
p136-142 『ドキュメンタリー映画「100万回生きたねこ」パンフレット』（東風） 2012年
p148-149 『音楽が教えてくれたこと』（ミルブックス） 2018年
p154-157,161-164 『わたしたちのすきなうた』（Loule） 2012年
p167-170 『&Premium』（マガジンハウス） 2016年
p178-181,186-188 『ポケットに静岡百景』（ミルブックス） 2015年
p191-195 『ねこだもの　リンネル特別編集』（宝島社） 2018年
p196-198 『毎日新聞　このごろ通信』（毎日新聞社） 2018年
p202-208 『すきノートの使い方』（Loule） 2019年
p234-236 『OZmagazine』（スターツ出版） 2020年
p240 『L』（Loule） 2011年

本書は二〇二一年四月に小社より刊行された『くらすたのしみ』を大幅に改稿し、書き下ろし原稿を加えて再編集したものである。

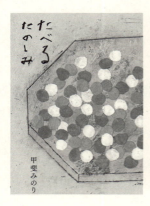

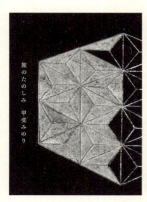

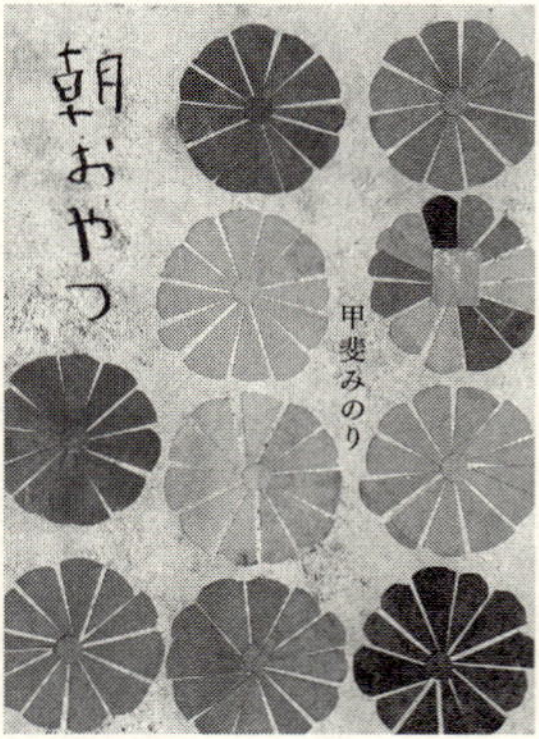

朝おやつ

甲斐みのり

朝おやつとして愛食する甘味が運んでくれた大切な人たちとの出会い、そして別れ。甘いだけではない物語の数々は、誰もの心の奥にある記憶を思い出し、懐かしい人や風景が鮮明に呼び起こされるだろう。甘美な口福に満ちた、芳醇なお菓子文学。

ふたり

甲斐みのり・作　福田利之・絵

甲斐みのりが紡ぐ、優しく愛に溢れた物語。それに寄り添う、福田利之の麗しく気品に満ちた絵。今はまだひとりのあなた。もうすぐふたりになるあなた。3人になったあなた。もう一度ふたりになりたいあなた。すべての人に贈る、愛のものがたり。

甲斐みのり（かい・みのり）

文筆家。1976 年静岡県生まれ。大阪芸術大学卒業後、数年を京都で過ごし、現在は東京にて活動。旅、散歩、お菓子、手みやげ、クラシックホテルや建築などを主な題材に、書籍や雑誌に執筆。著書は『旅のたのしみ』（ミルブックス）『日本全国 地元パン』『歩いて、食べる 京都のおいしい名建築さんぽ』（エクスナレッジ）など約 50 冊。『歩いて、食べる 東京のおいしい名建築さんぽ』（エクスナレッジ）はドラマ「名建築で昼食を」（テレビ大阪）の原案に起用された。

本書の掲載内容は執筆時のものにつき、現在は閉店している店舗や販売していない商品もございます。

JASRAC 出 2501059-501

くらすたのしみ　改訂文庫版

2025年4月24日　第1刷

著者　甲斐みのり
発行者　藤原康二
発行所　mille books（ミルブックス）
〒166-0016　東京都杉並区成田西1-21-37 # 201
電話・ファックス　03-3311-3503
発売　株式会社サンクチュアリ・パブリッシング
（サンクチュアリ出版）
〒113-0023　東京都文京区向丘2-14-9
電話 03-5834-2507　ファックス 03-5834-2508
印刷・製本　シナノ書籍印刷株式会社

ISBN978-4-910215-22-8　C0177